मेरा अपराध

डॉ. शिखर

मेरा अपराध

डॉ. शिखर

Anybook

Published By

Anybook

Cell : 9971698930

E-mail : contactanybook@gmail.com

Website : www.anybook.org

First published by Anybook in 2020

Copyright © 2020 Anybook

Copyright Text © 2020 Dr. Shikhar Agrawal

Cover Design & Typesetting by Anybook

ISBN : 978-93-86619-68-6

समर्पित

उन बेगुनाह आरोपियों/बंदियों को समर्पित जो किन्हीं वजहों से जेल
में बंद हैं/थे ।

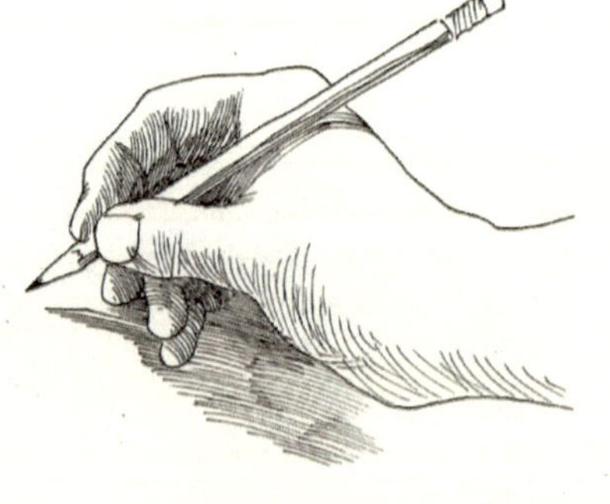

पहला पन्ना

ये जो वक़्त का पहिया है ना ! ना तो ये कभी रूका है और ना ही कभी रूकेगा....वैसे भी कहते हैं कि समय बड़ा बलवान होता है लेकिन कभी-कभी आदमी समय के आगे इतना बेबस और लाचार नजर आता है कि उसे अपने खुद की रची हुई अनचाही परिस्थितियों से निकलना मुश्किल हो जाता है। अगर वक्त आपको मुँह चिढ़ाने पर आ जाए तो समझें कि ऊँट पर बैठे होने के बावजूद आपको कुत्ता काट सकता है। लेकिन अगर यही वक़्त किसी के साथ यारी कर ले तो चाय वाला भी देश का प्रधानमंत्री बन सकता है। सब समय और तकदीर की बात है। अगर वक्त और तकदीर दोनों आपके साथ हैं तो आपकी मटमैली तस्वीर के सुनहरा होने में पल भर की भी देरी नहीं लगती। फिलहाल, मैं खुद को खुशकिस्मत मानूं या नहीं, मैं खुद फैसला नहीं कर पा रहा हूं। लेकिन मेरी किताब पढ़ने के बाद आप ये राय जरूर कायम कर कसेंगे कि मेरे भूत को देखते

हुए मेरा भविष्य मुझे किस दिशा में ले जाएगा। मैं आप पाठकों के ज्योतिषी होने की अपेक्षा नहीं कर रहा लेकिन इस किताब को पढ़ने के बाद आप मेरे चाल, चेहरा और चरित्र को लेकर आंकलन तो कर ही सकते हैं।

तो तैयार हो जाइए बिना लाग-लपेट के मेरे बारे में अपनी राय बनाने की... मैं अपने बारे में सब कुछ लिखने जा रहा हूं, जिसकी समीक्षा आप लोगों को ही करनी है और बताना है मेरा अपराध...

उद्देश्य

बदलते वक़्त के साथ एक मामूली सी घटना या कोई बड़ी घटना, इंसान की जिंदगी कैसे बदल देती है और कैसे बदल जाते हैं उसके जीने के मायने, ये मैं यानि शिखर अग्रवाल से बेहतर कोई नहीं बयां कर सकता। वक़्त के अलावा कोई दूसरा ऐसा पैमाना दुनिया में नहीं है जो हमारे अपने, पराये, रिश्ते-नाते और अच्छे-बुरे की गहराई को माप-तोल सके या इसकी परिभाषा को परिभाषित कर सके। एक इंसान जिसकी जिंदगी में सब कुछ सामान्य रूप से चल रहा हो लेकिन वक़्त का पहिया ऐसा घूमे कि उसका सब कुछ उस पहिये के नीचे दफन होने को आ जाए तो इसे आप वक़्त की मार नहीं तो और क्या कहेंगे।

हर व्यक्तिगत जिंदगी की अपनी एक अलग दास्ताँ होती है लेकिन जब एक घटना की वजह से कई परिवार उजड़ जाये, तो वो महज एक कहानी नहीं बल्कि कई कहानियों का दस्तावेज बन जाता है। कुछ ऐसी ही कहानी शुरू होती

है बुलंदशहर के स्याना तहसील से, जो आगे चलकर एक ऐसी उलझी हुई दास्ताँ के तौर पर लोगों के बीच आती है। इस घटना के चलते एक सामान्य सी जिंदगी जीने वाले युवक को कैसे एक विलेन बना दिया जाता है या यूँ कहें वक़्त ने कैसे करवट बदली और मेडिकल की पढ़ाई करने वाला एक छात्र कैसे एक संगीन अपराध का आरोपी करार दिया जाने लगा, मीडिया में उसका ट्रायल चलने लगा, मैं इसका एक जीता-जागता उदाहरण हूं। दिल में जन सेवा की भावना लेकर मेडिकल की पढ़ाई से गरीबों, असहायों की सेवा करने का सपना देखने वाले एक नवयुवक के टूटे सपने ने उसे कहां से कहां पहुँचा दिया...ये जानकर आप भी हैरान हो जायेंगे। मैं शिखर अग्रवाल अपनी दास्ताँ आगे बढ़ाता हूं।

कहते हैं कि जब इंसान के सपने टूटते हैं तो वह बिखर जाता है, उसकी जिंदगी की नींद उड़ जाती है। हालात की मार से दिल में बेइंतिहा दर्द होता है मगर इंसान चीख नहीं पाता तो वही इंसान मन की पीड़ा को कागज के पन्नों पर उकेरने की कोशिश करता है और उकेरता भी है ताकि उस दर्द को लोगों तक पहुँचाया जा सके और दुनिया को बताया जा सके कि आखिर सच्चाई क्या थी और दुनिया को बताया क्या गया।

मेरा इस किताब को लिखने का उद्देश्य व्यावसायिक नहीं बल्कि इस बात पर प्रकाश डालना है कि कैसे एक साधारण व्यक्ति को आरोपी बनाकर जेल में बन्द कर दिया जाता है और उसकी जिंदगी तबाह करने की कोशिश की जाती है। पत्रकारिता का क्या काम होता है और किस प्रकार किसी भी मुकदमे को मीडिया हैक कर लेती है। कैसे न्यूज़ चैनलों में आरोप-प्रत्यारोप का दौर शुरू होता है, ये बात भी जगजाहिर हो चुकी है। जबकि सच्चाई ये है कि मीडियाकर्मी बगैर जाँच पड़ताल किए कोर्ट–कचहरी के फैसले से पहले किसी गंभीर मुद्दे पर अपना फैसला जनता को सुना देते हैं। मीडिया को इस बात की कोई चिन्ता नहीं होती है, कि उनके टीआरपी के खेल के चलते किसी की जिंदगी का खेल बिगड़ सकता है। मैं ये नहीं कहता कि सभी मीडियाकर्मी नासमझ होते हैं लेकिन माइक पकड़कर खुद जज बन जाना और किसी संवेदनशील मुद्दे पर अपना फैसला सुना देना, अधिकांश न्यूज़ चैनलों की फितरत में शुमार हो चुका है। ऐसा नहीं है कि इसके लिए केवल मीडिया ही जिम्मेदार है, पुलिस की संदिग्ध भूमिका भी मामले को और संदिग्ध बना देती है। मीडिया के टीआरपी के खेल और कानून के

नंगे नाच का संगम कई बार किसी बेगुनाह की जिंदगी को तबाह कर देता है या तबाही के कगार पर ला पटकता है।

मैं जो लिखने जा रहा हूं, उसकी प्रासंगिकता तब तक बनी रहेगी जब तक भारत में कानून और जेल बनी रहेगी। इस किताब में मैं अपने ऊपर बीती हुई सच्चाई को बताने का पूरा प्रयास करूंगा। बंदियों का जीवन, जेल कर्मचारियों की भूमिका, मीडिया का व्यवहार, पुलिस का रोल, आम जनता की भावना और कैदियों के परिवार का जीवन ...मैंने लगभग सभी बिन्दुओं को किताब की शक्ल में शब्दों के जरिए जुबान देने की कोशिश की है।

इस किताब को साधारण जन मानसों को पढ़ाने का उद्देश्य केवल इतना होगा कि वे लोग इसे पढ़कर सच्चाई से ये पता कर पायेंगे कि बंदियों की आज के वक़्त में क्या हालत है। कैसे-कैसे साधारण एवं असाधारण लोग जेल में जीवन यापन कर रहे हैं और कैसी-कैसी प्रतिभा उनके अन्दर निवास करती है। साथ ही कानून की लाचारता के चलते कैसे एक नहीं हज़ारों परिवारों की जिंदगी तबाह हो रही है।

बंदी जीवन से गुजर चुका...

आपका अपना
डॉ. शिखर अग्रवाल

अनुक्रम

डॉ. शिखर

जो सच है वही लिखूंगा ...

दिन : 03 दिसम्बर 2018, समय : सुबह

एक तरफ धरती के गर्भ की हलचल तो दूसरी ओर बुलंदशहर का गर्म माहौल...किसी को कुछ भी पता नहीं था कि क्या होने वाला है। बुलंदशहर की आबो-हवा में बहने वाली शांत बयार आक्रामक होने को तैयार थी। लेकिन शायद ही किसी को ऐसी किसी अनहोनी के होने की आशंका थी जो एक बड़े हादसे में तब्दील होने वाली थी। ऐसा कुछ तो था जो मेरी समझ से परे था। किसी अनहोनी के होने की आशंका सुबह से ही होने लगी थी। मेरे हाथ से पानी की गिलास छूटकर फर्श पर गिर गया था। अलसुबह गली के कुत्ते अनायास ही रोने लगे थे। भविष्य की घटनाओं से अनजान मैं नहा धोकर पूजा करने के बाद जैसे ही नाश्ते की मेज की ओर बढ़ा, एक जानने वाले का फोन आ गया। यह फोन वैभव (बदला हुआ नाम) का था। वैभव मेरा बेहद करीबी दोस्त रहा है।

'भैया राम-राम', दो मिनट बात हो सकती हैं क्या ?

हां..हां क्यों नहीं, बोलो,

'भैया, दरअसल...'

वैभव की बातों से ऐसा लग रहा था कि वो कुछ घबराया हुआ है।

'अरे भाई कुछ बोलोगे भी..या यूँ ही हकलाते रहोगे ...अच्छा ऐसा करो, घर पर आ जाओ, साथ में नाश्ता करते हैं।'

ये कहते हुए मैं फोन कट करने ही जा रहा था कि वैभव की बातों ने मुझे अंदर तक हिला दिया।

'ग्राम महाव के जंगलों में गौकशी का मामला सामने आया है। लोग इकट्ठे हो रहे हैं। लोगों में बेहद गुस्सा है। पुलिस भी मौके पर पहुँच गई है भैया। घटना बड़ी है इसलिए आपका वहाँ होना जरूरी है ।'

'किसने किया, कोई पकड़ में आया कि नहीं या आरोपी भाग गए...' मैंने हैरानी जताते हुए पूछा।

'आप मौके पर पहुँचें भैया, बाकी कुछ वहीं चलकर पता चलेगा' यह कहकर वैभव ने फोन काट दिया।

वैभव ने एक ही सांस में मुझसे ये बातें कह डाली थीं।

दरअसल, मैंने सुबह से एक कप चाय के अलावा कुछ भी नहीं लिया था। सोचा नाश्ता करने के बाद दुकान जाऊंगा। मैं मेज पर लगे नाश्ते की थाली की ओर बढ़ा ही था, कि वैभव का फोन आ गया था। सामाजिकता एवं मोहल्ले में दबदबे के अलावा पार्टी के पद के दबाव के आगे भूख का दबाव कमजोर पड़ चुका था। सही बात तो ये थी कि राजनीतिक भविष्य को चमकाने के लिए ऐसी घटनाओं में शामिल होना एक बाध्यता सी होती है। इसी बाध्यता का शिकार मैं भी हो चुका था। स्याना के भारतीय जनता पार्टी युवा मोर्चा के तत्कालीन अध्यक्ष होने के नाते मेरा गौकशी के मौके पर पहुँचना इसी बाध्यता का महज एक हिस्सा था ।

गौकशी की खबर से भले ही मेरे चेहरे पर तनाव था लेकिन मैं खुद को शांत रखने की कोशिश कर रहा था। मेरे मन में तमाम तरह की बातें एक साथ

डॉ. शिखर

चल रही थी। मैंने ऊंगलियों से अपनी दाढ़ी खुजाते हुए अपने दिमाग पर जोर दिया और एक झटके में जाने मुझे क्या सूझा कि मैंने झटपट बनियान के ऊपर एक शर्ट पहनी और आस्तीन चढ़ा ली। घर से बाहर निकलने के दौरान ही मैंने शर्ट की बटन बंद की। मैं अब घर की सीढ़ियों से नीचे उतर चुका था। मैंने अपने घर के नीचे दुकान के पास नजर डाली और वहीं खड़ा हो गया। आनन-फानन में मैंने एक कॉल भी कर ली। कॉल बहुत ही छोटी थी। फोन पर एक लड़की की आवाज़ आई। फोन करने वाली लड़की मुझसे बातों ही बातों में उलझने लगी। मैंने फोन काट दिया। दरअसल, वो मुझसे मिलना चाहती थी, लेकिन मुझे गौकशी मामले में जल्द से जल्द घटनास्थल पर पहुँचना था।

जब तक कोई मेरे पास आता मैंने अपनी दुकान के सामने खड़े ट्रक का मुआयना कर लिया। जिस पर नमक की बोरियाँ लदी हुई थीं। ट्रक को अनलोड भी करवाना था। लेकिन मौके की नज़ाकत कुछ और ही थी। ये वक़्त नमक लदी ट्रक को अनलोड करने का नहीं बल्कि गौकशी वाली जगह पर शीघ्र से शीघ्र पहुँचना था। मैंने ट्रक चालक से कुछ बातचीत की। बातचीत के दौरान ट्रक चालक मेरी बातों पर हां में हां मिलाता रहा। ट्रक चालक की इस बात को लेकर मौन सहमति बन चुकी थी कि मेरी गैरहाजिरी में वह गाड़ी को अनलोड कर देगा। ट्रक चालक से बातचीत के दौरान भी मेरे अंदर एक अजीब-सी हलचल मची हुई थी। मेरी बातचीत के अंदाज से साफ झलक रहा था कि मैं जल्दबाजी में था। जैसे ही मेरे और ट्रक चालक के बीच बातचीत बंद हुई, मैं घर की सीढ़ी के पास खड़ी बाईक के करीब गया और बाईक की सीट पर रखे कपड़े से उसकी सीट को झाड़ने लगा। इसके बाद बाईक को उठाकर मैं जैसे ही पचास मीटर की दूरी पर गया होऊंगा कि अचानक मेरी गाड़ी में ब्रेक लगता है। मैंने अनायास ही बाईक की रफ्तार को लगाम नहीं दी थी। दरअसल, मेरा एक साथी रास्ते में मेरी घर की ओर तेजी से बढ़ रहा था। मुझे अपने इसी साथी का ही इंतजार था। जैसे मेरी नजर उस पर गई, मेरी बाइक में जिस तेजी के साथ ब्रेक लगा था, उतनी ही तेजी से मेरा दोस्त सड़क की बाईं ओर से दाहिनी तरफ आ चुका था। उसने मेरी बाईक को दूर से आते देख लिया था। उस दौरान मेरे इस दोस्त की उम्र 24 साल के आस-पास रही होगी। गले में गमछा, टी-शर्ट और जींस पहने मेरा साथी किसी रंगरूट से कम नहीं दिख रहा था।

मेरे साथ-साथ मेरे मित्र के चेहरे के तनाव को भी साफ पढ़ा जा सकता था। जैसे ही मैंने अपनी बाईक सड़क की बाईं तरफ रोकी, मेरे और मेरे मित्र की नजरें आपस में टकराई और एक मौन सहमति के साथ वो मेरी बाईक पर जा बैठा। वो मेरी बाईक पर ऐसे बैठा जैसे विक्रम की पीठ पर बेताल सवार हो गया हो। हम दोनों भले ही मौन थे लेकिन नजरों से आपसी समझ इस तरह की बन चुकी थी कि हमें किधर जाना है, ये दिशा तय की जा सके। जाहिर है एक्सलेटर बढ़ने के साथ बाईक के पहिए तयशुदा रास्ते को तेजी से सरपट नापने लगे। स्पीड मीटर के बढ़ते काँटे के साथ बाईक की रफ्तार तेजी पकड़ती जा रही थी। कुछ दूर तक डामर रोड पर तेज दौड़ लगाने के बाद बाईक की रफ्तार में अचानक नरमी आई। लेकिन बाईक के चलने से उड़ने वाली धूल पहिए की कम रफ्तार को भी आक्रामक बनाए हुए थी। जाहिर है बाईक पक्की सड़क से कच्ची सड़क पर आ चुकी थी। बाईक की रफ्तार में भले ही कमी आई थी, लेकिन मेरे हाथों की पकड़ बाईक पर मजबूती से बनी हुई थी। जैसे-जैसे बाईक अपने गंतव्य स्थान की ओर बढ़ती जा रही थी, सूरज सिर पर सवार होता जा रहा था। बढ़ते तापमान के साथ गौकशी की घटनास्थल की दूरी कम होती जा रही थी। बीच-बीच में मैं रास्ते में अपने सहयोगी से बातें करता जा रहा था। मैं और मेरे दोस्त के गमछे पर धूल की परतों की चादर चढ़ चुकी थी। लेकिन हम दोनों ने ही अपने ऊपर थकावट की कोई परत नहीं चढ़ने दी थी। कुछ ही देर में हम दोनों बाईक समेत महाव के जंगलों में प्रवेश कर चुके थे।

जंगल के रास्ते कुछ दूर बढ़ने पर हमें कुछ लोगों की भीड़ दिखाई दी। साफ था कि मैं घटनास्थल से महज कुछ ही दूरी पर था। दो-तीन मिनट लगे होंगे कि मैं बाईक समेत भीड़ के बीच जा पहुँचा। मैंने बाईक अपने साथी को थमाई और भीड़ को चीरते हुए खेत की ओर बढ़ने लगा। बाईक खड़ी कर मेरा साथी भी मेरे पीछे-पीछे हो लिया। भीड़ में चार-पांच लोग मुझे पहचानने वाले थे। वे मुझे घटनास्थल की ओर ले जा रहे थे। कुछ ही पल में मैं उस खेत में आ चुका था जहां मृत गायों के अवशेष बिखरे पड़े थे। इन अवशेषों के आसपास शिखर को जानने वाले कुछ लोग खड़े थे, जो मेरे आते ही देशभक्ति से जुड़े नारे लगाने लगे। भारत माता की जय के नारों से पूरा वातावरण गुंजायमान हो गया। बीच-बीच में नारे की लाइनें बदलती जा रही थीं।

डॉ. शिखर

“नहीं सहेंगे, नहीं सहेंगे, गौ हत्या हम नहीं सहेंगे।”

भीड़ के द्वारा लगाए जा रहे ऐसे नारे माहौल को और आक्रामक किन्तु धार्मिक तौर पर भावनात्मक बना रहे थे। लोगों के मन में आक्रोश साफ देखा जा सकता था। गौकशी की इस घटना के चलते लोग बेहद गुस्से में दिख रहे थे। इनका गुस्सा मुझे देखते ही मानो फूट पड़ा। मेरे उनके बीच आते ही लगा कि जैसे उनका कोई जनप्रिय नेता उनके बीच आ गया हो। चुपचाप मौन से दिखने वाले लोग भी जोर –जोर से नारे लगाने लगे थे। ऐसा जान पड़ रहा था कि लोगों को मुझसे काफी अपेक्षाएं थीं। माहौल बिगड़ने ना पाए, इसके लिए मैं लोगों को शांत करने की कोशिश कर रहा था। मैं भले ही लोगों से शांतिप्रिय माहौल बनाने का आग्रह कर रहा था लेकिन मेरी आंखों में भी आक्रोश की ज्वाला दहक रही थी। चारों तरफ भारत माता की जय के नारों से पूरा वातावरण गुंजायमान हो रहा था। जिससे गौकशी का विरोध करने वालों की नसों में खून के साथ-साथ राष्ट्रप्रेम की लहर दौड़ रही थी।

मैं लगातार लोगों से शांति बनाए रखने की अपील कर रहा था। मुझे पता था कि सबसे पहले आक्रामक हो चुकी भीड़ को नियंत्रित करना जरूरी है, ताकि किसी अप्रिय घटना को होने से रोका जा सके। तभी अनाचक एक शख्स दौड़ता हुआ भीड़ की ओर आता दिखाई दिया।

“भैया...भैया... बगल के खेत में भी....” वो इतना हांफ रहा था कि अपनी बात भी पूरी नहीं कर पा रहा था।

“क्या हुआ, इतने घबराए हुए क्यों हो” ! मैंने चौंकते हुए पूछा ।

“भैया वहाँ भी मृत गायों के अवशेष पड़े हुए हैं” ।

जहां मैं इस मामले में आक्रोशित लोगों को शांत करने में लगा हुआ था, वहीं बगल के खेत में भी मृत गायों के अवशेष की खबर ने भीड़ को और आक्रोशित कर दिया। भीड़ का एक बड़ा हिस्सा भागता हुआ बगल के खेत की ओर लपका। कुछ ही पल में मैं भी वहाँ पहुँच गया। अब तक दोनों खेतों के मिलाकर कुल 24-25 मृत गायों के अवशेष मिल चुके थे, जिन्हें देखकर साफ-साफ पता चल रहा था कि गौकशी करने वालों ने गायों को काटकर मांस निकाल लिया था और बाकी अवशेष वही छोड़ दिया था। इतनी बड़ी संख्या में

गौकशी की घटना ने वहाँ जमा भीड़ को मानो आंदोलित कर दिया। मेरी समझ में नहीं आ रहा था कि लोगों के गुस्से को काबू में कैसे लाया जाए। मैं बार-बार लोगों से माहौल को शांत बनाए रखने की अपील कर रहा था। लेकिन लोगों का गुस्सा सांतवें आसमान तक जा पहुँचा था।

इन सब के बीच पुलिस भी मौके पर पहुँच चुकी थी। भारी भीड़ और उनके गुस्से को देखकर पुलिस की भी समझ में नहीं आ रहा था कि कैसे लोगों के गुस्से को शांत किया जा सके। उग्र भीड़ "भारत माता की जय" के साथ-साथ पुलिस प्रशासन के खिलाफ भी नारे लगा रही थी। मामला इतना बड़ा हो चुका था कि आक्रोशित भीड़ को नियंत्रित कर पाना अकेले मेरे बस में नहीं था। मैं अपने को बेबस पा रहा था। पुलिस के आ जाने से मुझे बहुत राहत महसूस हुई।

डॉ. शिखर

आंखों देखी...

मौका-ए-वारदात पर पुलिस निरीक्षक सुबोध कुमार सिंह उपस्थित थे। वह भी लगातार भीड़ को शांत करने की कोशिश कर रहे थे। लेकिन जैसे-जैसे समय बीतता जा रहा था, भीड़ बढ़ती जा रही थी। इतनी बड़ी भीड़ को नियंत्रित करने के लिए उतनी ही बड़ी संख्या में पुलिस बल की दरकार थी। फिर भी पुलिस निरीक्षक ने अपने विवेक का परिचय देते हुए लोगों को आश्वासन दिया कि पुलिस जल्द ही आरोपियों तक पहुँच जाएगी और कानून के तहत उन पर कार्रवाई की जाएगी। लेकिन भीड़ पुलिस निरीक्षक के आश्वासन से बिल्कुल संतुष्ट नहीं थी। आक्रोशित भीड़ की पुलिस निरीक्षक से मांग थी कि मामले में तत्काल मुकदमा पंजीकृत किया जाए। लेकिन पुलिस पहले मामले की जाँच पड़ताल करना चाहती थी। इसके बाद ही वो आगे कोई कदम उठाना चाहती थी। वैसे भी पुलिस का काम करने का अपना एक तरीका होता है। लेकिन भीड़

को पुलिस की बातों पर भरोसा नहीं था। पुलिस निरीक्षक ने तत्काल मामले में मुकदमा दर्ज करने से मना कर दिया। लेकिन भीड़ का गुस्सा देखकर पुलिस तहरीर लेने पर सहमत हो गई। पुलिस का भीड़ से कहना था कि वे उनके द्वारा मिली तहरीर पर इसकी जाँच करेंगे। इसके आधार पर मामले में जाँच में अगर मुकदमा बनता है तो पुलिस रिपोर्ट दर्ज करेगी।

पुलिस के शुरूआती रवैये को देखकर मुझे ऐसा लग रहा था कि पुलिस मामले में रिपोर्ट दर्ज करने से बच रही थी। फिर यहीं से शुरू होता है पुलिस और भीड़तंत्र के बीच टकराव का दौर... जब ये घटना पुलिस निरीक्षक समेत दो लोगों की हत्या की गवाह बनती है। बुलंदशहर के चिंगरावली के स्याना हिंसा की फाईल अभी बंद नहीं हुई है और मामला कोर्ट में है। इसलिए मैं इस मामले में ऐसा कुछ नहीं लिखूंगा जिससे कोर्ट में चल रहे मुकदमे पर कोई असर पड़े या आंच आए। घटना से जुड़ी बातों को सिलसिलेवार आप लोगों के सामने इस प्रकार रखना चाहूँगा जिससे समझा जा सके कि आखिर इस तरह की घटना घटने के पीछे वजह क्या थी। कहीं इसके पीछे कोई सोची समझी रणनीति तो नहीं थी या मुझ जैसे उभरते युवा नेता के हौसले को तोड़ने की साजिश तो नहीं थी।

इस घटना के पीछे वजह चाहे जो भी रही हो लेकिन जो कुछ भी हुआ वो स्याना के साथ-साथ कई जिंदगियों और परिवारों के लिए त्रासदी ही कहा जायेगा। घटना क्या घटी, देखते ही देखते 46 लोगों की जिंदगी पर मानो ग्रहण लग गया। कइयों के तो परिवार टूट गए, सामाजिक और आर्थिक तौर पर नुकसान झेलना पड़ा सो अलग, घोर मानसिक प्रताड़ना भी झेलनी पड़ी। समय बुरा था, कैसे कटा नहीं बता सकता। बस कट गया, इतना ही कह सकता हूं। मेरा जिंदगी की असल सच्चाई से सामना हुआ। अपने-पराए का पता चला। परिवार के लोगों को मानसिक अवसाद के साथ-साथ विपरीत परिस्थितियों में बेहद बुरे दौर से गुजरना पड़ा। कह सकता हूं कि जो कुछ हुआ वो किसी बुरे सपने से कम नहीं था। कई परिवारों के लिए इस घटना की प्रतिक्रिया विघटनकारी साबित हुई, जिससे वे अभी तक नहीं उबर पाए हैं।

घटनाक्रम वाले दिन जो कुछ भी मेरे सामने हुआ, उसकी आंखों देखी मैं आप सबके सामने रख रहा हूं। कुछ बातें घटनास्थल पर हुई वारादात के

डॉ. शिखर

चश्मदीदों के हवाले से भी करूंगा। बिना लाग-लपेट के मैं अपनी बात कहने की पूरी कोशिश करूंगा। मैं एक प्रतिभावान छात्र रहा हूं। मेरा किसी तरह के अराजक तत्वों के साथ संबंध होने का कोई रिकार्ड नहीं रहा है। ना तो मैं उग्र स्वभाव का हूं और ना ही मैं हिंसा में भरोसा करता हूं। लेकिन जब भी दम तोड़ते सिस्टम को देखता हूं तो उग्र जरूर हो जाता हूं। मुझे लगता है सड़े-गले सरकारी सिस्टम को देखकर सामाजिक सरोकार से नाता रखने वाला कोई भी शख्स उग्र हो सकता है, उसका उग्र होना स्वाभाविक भी है।

मैं एक साधारण इंसान हूं, देवता या भगवान नहीं। मन में कई बार गुस्सा आता है, कि आखिर अपने देश का खस्ताहाल सिस्टम कब पटरी पर आएगा। जिसे जितनी पावर मिली होती है, वो उसका उतना ही बेजा इस्तेमाल करता है और अपनी ताकत से अपने से नीचे वालों को परेशान करता है। मेरे मामले में भी सारा खेल पावर और पॉलिटिक्स का ही रहा। पहले भीड़तंत्र की पावर, फिर पुलिस की पावर और फिर मीडिया की पावर...मुझे पावरलेस करने की हर संभव कोशिश की गई। जिसे अपनी तरकश में जो भी तीर मिला, उसे मुझ पर इस्तेमाल किया। ये भी ना सोचा कि मामला तथ्यपरक है या नहीं, बस होड़ मची हुई थी कि कैसे मामले की तह में जाए बिना ही मामला सुलटा लिया जाए। चाहे इससे किसी की जिंदगी ही दांव पर क्यों ना लग जाए। लेकिन मेरे साथ मेरा भगवान ढाल बनकर खड़ा था, मेरी सच्चाई मेरी परछाई बन कर मेरे साथ खड़ी रही। कहते हैं कि सत्य विचलित हो सकता है लेकिन पराजित नहीं। मेरे मामले में मुझे पूरी उम्मीद है कि बुलंदशहर की इस घटना का पूरा सच सामने निकल कर आएगा और मेरी छवि खराब करने वालों के लिए ये एक करारा झटका होगा।

डॉ. शिखर

वही हुआ जो नहीं होना था...

गौकशी की घटना के बाद जुटी भीड़ अनियंत्रित और उग्र होती जा रही थी। मेरी समझ में नहीं आ रहा था कि मैं इन्हें कैसे शांत कराऊं। भीड़ के आगे पुलिस भी बेअसर साबित होती दिख रही थी। एक तरफ पुलिस मामले में रिपोर्ट लिखने को तैयार नहीं थी तो दूसरी ओर भीड़ पुलिस पर लगातार दबाव बनाए हुए थी। गौकशी का विरोध करने वाले और पुलिस के बीच तनाव बढ़ता जा रहा था। दोनों पक्ष जुबानी जंग में एक-दूसरे से बुरी तरह उलझे हुए थे। कोई पक्ष झुकने को तैयार नहीं था। एक तरफ भीड़तंत्र अपनी ताकत दिखा रही थी तो दूसरी ओर पुलिस डंडे के जोर पर मामले को दबाने का प्रयास कर रही थी। जब दोनों पक्षों में बात बनती नहीं दिखी तो लोगों ने पुलिस के समक्ष आंदोलन करने की धमकी तक दे डाली। चूंकि पुलिस भीड़तंत्र को अपने ऊपर हावी नहीं होने देना चाहती थी इसलिए उसने लोगों को तितर-बितर करने के लिए बल प्रयोग

का सहारा लिया। चाकू खरबूजे पर गिरे या खरबूजा चाकू पर...कटना तो खरबूजे को ही होता है, इस बात का मुझे पूरा ज्ञान था। मैं जानता था कि मौके पर पुलिस से उलझना बुद्धिमानी नहीं होगी, आखिरकार भीड़ पर पुलिस का डंडा ही भारी पड़ेगा। इसलिए मैंने मौके की नज़ाकत को देखते हुए भीड़तंत्र को समझाने-बुझाने का पूरा प्रयास किया ताकि किसी तरह आंदोलित हो रहे लोगों के गुस्से को शांत किया जा सके। लेकिन बीच-बीच में पुलिस को अपनी धौंस दिखाने के चलते बात बिगड़ती जा रही थी। आखिरकार भीड़ ने गौ-अवशेषों को एक ट्राली में रखवा दिया और ट्रैक्टर लेकर स्याना पुलिस स्टेशन की ओर बढ़ने लगी।

अकेला चना कभी भाड़ नहीं फोड़ सकता, इस का अहसास मुझे हो चुका था। मैं अकेला सैकड़ों की संख्या में जुटी भीड़ को काबू में नहीं कर सकता था। हालांकि पुलिस कतई नहीं चाहती थी कि भीड़तंत्र गौ-अवशेषों को लेकर कोई बखेड़ा खड़ा करे। इसलिए निरीक्षक सुबोध कुमार ने स्याना पुलिस थाने की ओर बढ़ रहे ट्रैक्टर- ट्राली को रोकने की पुरजोर कोशिश की। लेकिन मौके पर भीड़ के मुकाबले पुलिस के संख्याबल में कम होने से वो ट्रैक्टर ट्राली को रोकने में कामयाब नहीं हो सके। मुझे ऐसा लग रहा था कि पुलिस वालों सहित निरीक्षक सुबोध कुमार भी भीड़ को काबू में नहीं कर पाने के लिए मुझे भी एक मुख्य वजह मान रहे थे। जबकि मैं हालातों को देखते हुए उग्र भीड़ को नियंत्रित करने में जुटा हुआ था। कहते हैं कि बौराए सांड और बौराई भीड़ को काबू में करना नाकों चने चबाने के बराबर होता है। यहां भी कुछ ऐसी ही परिस्थितियां थीं। मैं पुलिसिया और भीड़तंत्र के रवैये से बिल्कुल हताश हो चुका था। मैं चाहकर भी कुछ नहीं कर पा रहा था। जब मैंने पाया कि भीड़ को शांत कराने के लिए भीड़ का ही हिस्सा बनना पड़ेगा तो मैं ट्रैक्टर ट्राली को आगे बढ़ने के लिए रास्ता साफ कराने लगा ताकि भगदड़ जैसी कोई स्थिति ना पैदा हो जाए।

इसी बीच मेरी मोबाइल पर बार-बार एक कॉल आ रही थी। मैं चाहकर भी फोन पिक नहीं कर सकता था। वजह थी कि घटनास्थल पर काफी शोरगुल था। दूसरी एक और वजह ये थी कि मैं नहीं चाहता था कि कॉल कर रहे शख्स को मैं भीड़ में मौजूद होने का अहसास कराऊं। मैं चाहता था कि किसी तरह से एक मिनट का भी समय मिल जाए और मैं कहीं एकांत में उससे बात कर लूं। जो मैं चाहता था वो नहीं हो सका। मेरे मोबाइल पर चार-पांच रिंग आने के बाद एक

डॉ. शिखर

मैसेज आया। "What's a problem, phone pick karo...kal ka gussa abhi tak...Love You" आप को बताने की जरूरत नहीं कि मेरे पास लगातार आने वाली तमाम कॉल में एक कॉल मेरी प्रेमिका की भी थी। जिसकी कॉल को मैं मजबूरी के चलते अनदेखा कर रहा था। मैंने अपनी प्रेमिका के नाम को "Alert Mode" के नाम से सेव कर रखा था। लेकिन इस मामले के दौरान अगर मैं उसकी कॉल उठा लिया होता तो शायद मेरा इस चर्चित कांड में कभी नाम नहीं आता। मैं अगर सचमुच "अलर्ट मोड" में आ जाता तो पुलिस निरीक्षक की हत्या की साजिश का संदेह मुझ पर नहीं जाता। लेकिन मैंने "अलर्ट मोड" को नजरअंदाज करके वाकई एक बड़ी भूल की थी।

फिलहाल, मैं मुद्दे पर आता हूं। दरअसल, मैं सकारात्मक सोच के साथ आगे बढ़ रहा था कि पुलिस भीड़ के दबाव के आगे झुक जाएगी और गौकशी के अज्ञात आरोपियों के खिलाफ रिपोर्ट दर्ज कर लेगी। अगर ऐसा होता तो गुस्साए लोगों को शांत किया जा सकता था। लेकिन पुलिस का अड़ियल रवैया माहौल को काफी हद तक बिगाड़ चुका था। संख्याबल में पुलिस की तादाद कम होने के चलते निरीक्षक सुबोध कुमार चाहकर भी ट्रैक्टर ट्राली को आगे बढ़ने से रोक नहीं पा रहे थे। उनके गुस्से का पारा लगातार बढ़ता जा रहा था। जब कुछ दूर तक गौ अवशेषों के लिए ट्रैक्टर-ट्राली आगे बढ़ गई तो मुझे याद आया कि मैं अपनी बाईक खेत पर ही छोड़ आया हूं।

भीड़ को छोड़कर मैं अपनी बाइक लेने के लिए जाने लगा तो मन में तमाम तरह के खयाल आ रहे थे लेकिन इसे विडंबना कहें या दुर्भाग्य कि मुझे यह खयाल ही नहीं आया कि मैं Alert mode वाले नंबर पर काल बैक कर लूं। अगर इतना-सा खयाल दिमाग में आ गया होता तो शायद महज एक कालबैक से मेरी जिंदगी का ट्रैक बदल गया होता। चूंकि मैं Alert mode नंबर वाली से बेहद प्यार करता था और अगर उससे बात हो गई होती तो वो अपनी कसम देकर मुझे वहाँ जाने से रोक देती। लेकिन अनहोनी को होने से भला कौन रोक सका है। जब कुछ बुरा होना होता है तो उस समय दिल में रहने वाले लोगों को दिमाग विस्मृत कर देता है।

मन में उतावलापन, बाइक के पास जल्द पहुँचने के लिए लड़खड़ाकर बढ़ते कदम, कहीं बवाल बड़ा ना हो जाये जैसे सवालों के अलावा दिमाग ने कुछ भी सोचने से मना-सा कर दिया था। अब तक मैं बाइक के पास पहुँच गया था। बाइक की चाबी के लिए पॉकेट टटोलने लगा लेकिन पॉकेट में चाबी नहीं थी। मुझे लगा कि कहीं चाबी गिर तो नहीं गई। मैं झुंझलाहट के साथ इधर-उधर देखने लगा तभी मेरी नजर बाइक पर गई तो पाया कि चाबी बाइक में ही लगी हुई है। मेरा विचलित मन थोड़ी देर के लिए शांत हुआ लेकिन ये एक क्षणभंगुर शांति थी। थोड़े पल के लिए ही सही, मन की स्थिरता के दौरान मैं चाहते हुए भी अपने Alert mode को कॉल नहीं कर सका। यही एक छोटा सा खयाल ना आना मेरी जिंदगी में तबाही का सैलाब आने की शायद वजह बना। सैलाब भी ऐसा जिसमें मेरे सारे ख्वाब और अरमान के साथ बहुत कुछ बह गया। इस Alert mode से आने वाली कॉल की मेरी जिंदगी में क्या अहमियत थी इसका ज़िक्र मैं ऊपर कर चुका हूं।

खैर...मैंने बाइक स्टार्ट करके उसे घटनास्थल की तरफ इस तरह घुमाया जैसे फिल्म धूम में ऋतिक रोशन ने घुमाया था। मैं बाइक लेकर बवाल हो रही जगह पर पहुँच गया, बाइक किनारे खड़ी कर ही रहा था कि कुछ जान-पहचान के लड़के मेरे पास आये, उन्होंने कहा कि भैया आप ही कुछ कीजिये।लड़कों के पास खड़े होकर मैंने चारों तरफ नजर दौड़ाई तो वहाँ का नजारा हैरान कर देने वाला था। आक्रोशित भीड़ किसी की भी बात सुनने को तैयार नहीं थी।सुने भी तो कैसे वहाँ पर देशप्रेम के नारों के बीच समुदाय विशेष के बारे में आवाज़ बुलंद करने की एक होड़-सी लगी हुई थी। कहते हैं कि जहां भीड़ होती है वहाँ दिमाग नहीं होता। लेकिन ये कहावत इन हालातों से विपरीत थी। जिसकी वजह यह थी, कि इस भीड़ के बीच में कुछ ऐसे लोग थे जो अपने दिमाग का बखूबी इस्तेमाल कर रहे थे।दिमाग का इस्तेमाल मामले को शांत करने के लिए नहीं, बल्कि गौकशी की घटना में आग में घी डालने के लिए कर रहे थे। उनकी मंशा किसके खिलाफ साजिश रचने की थी, ये तो मैं नहीं कह सकता लेकिन ये तय था कि कुछ अराजक तत्व षडयंत्र की जमीन तैयार कर मौके पर दंगे की फसल उगाने की फिराक में थे। यही वजह थी कि भीड़ किसी की भी और किसी भी तरह की बात सुनने को तैयार नहीं थी। मैंने फिर भी हार नहीं मानी और भीड़ के बीच में

डॉ. शिखर

जाकर लोगों को समझाने की कोशिश करने में लगा रहा। दो को समझाता तो चार पीछे से नारा लगाते दौड़ पड़ते। मेरे साथ-साथ मौके पर मौजूद पुलिस भी लोगों को समझाने की कोशिश कर रही थी लेकिन भीड़ तत्काल कार्रवाई की मांग पर अड़ी थी।

पुलिस और पब्लिक की नोकझोंक चलती रही। लोग नारेबाजी करते रहे। भीड़ बार बार मुकदमा दर्ज करके कार्रवाई की मांग कर रही थी। लेकिन पुलिस मुकदमा दर्ज ना करके पहले मामले की जाँच की बात कर रही थी।

पुलिस को समझ में नहीं आ रहा था कि आखिर कैसे इस मामले से निपटा जा सके। दरअसल, पुलिस प्रशासन मामले की गंभीरता को आंकने में चूक रही थी। आक्रोशित भीड़ की भावनाओं के खिलाफ पुलिस तत्काल किसी तरह का मुकदमा दर्ज करने से बच रही थी। पुलिस का रूख देखकर लोग आक्रोशित हो गये और आन्दोलन की चेतावनी देने लगे। पुलिस की कार्यशैली से नाराज वहाँ पर उपस्थित कुछ लोगों ने गायों के अवशेषों को पन्नी (प्लास्टिक) की सहायता से एक ट्रेक्टर-ट्राली में रख लिया और सभी लोग स्याना पुलिस स्टेशन की ओर बढ़ने लगे। पुलिस ने उन्हें रोकने की पुरजोर कोशिश की लेकिन भीड़ ज्यादा होने की वजह से पुलिस ट्राली-ट्रैक्टर रोकने में नाकाम रही। पुलिस टीम में शामिल निरीक्षक सुबोध कुमार ने भी लोगों को समझाने के साथ-साथ ट्रेक्टर-ट्राली रोकने का अपना प्रयास किया। परन्तु लोगों के आक्रोश के सामने उनकी एक न चली। सभी लोग ट्रेक्टर-ट्राली पर चढ़कर थाने की ओर जाने लगे।गौकशी और बवाल की बात जंगल में आग की तरह फैल चुकी थी। लिहाजा घटनास्थल पर भारी भीड़ जमा हो चुकी थी। गोवंश के अवशेष से लदी ट्रैक्टर-ट्राली भीड़ से पूरी तरह घिरी हुई थी। इस बात की पूरी आशंका थी कि कोई भी ट्रैक्टर की चपेट में आ सकता है क्योंकि उत्तेजित भीड़ अपना आपा खो चुकी थी अच्छे-बुरे का विचार करने का समय शायद किसी के पास भी नहीं था।स्थिति को देखकर ऐसा लग रहा था कि गोवंश अवशेष का विरोध किनारे ना हो जाए और कोई दूसरी अप्रिय घटना सामने ना आ जाए। भीड़ हर हाल में अवशेष को थाने ले जाना चाह रही थी। लिहाजा उन्हें किसी भी तरह से समझा पाना मुश्किल था।

कोई दुर्घटना ना होने पाये ये सोचकर मैं और मेरे कुछ साथी ट्रेक्टर-

ट्राली के आगे आकर रास्ता साफ कराने लगे। थोड़ी दूर चलने के बाद मैं अपनी मोटर साइकिल जिसे पीछे छोड़ आया था उसे लेने पैदल ही चल पड़ा। ट्रैक्टर- ट्राली अपनी गति से आगे बढ़ती जा रही थी। मैं अपनी मोटर साइकिल लेकर वापस आया तो पाया कि ट्रैक्टर- ट्राली एक जगह पर रूकी हुई थी और उपजिलाधिकारी स्याना वहाँ आ चुके थे। वह ट्रैक्टर चालक के साथ-साथ ग्रामीणों को समझाने का प्रयत्न कर रहे थे। परन्तु ग्रामीण मामले में मुकदमा दर्ज करने की बात कह रहे थे। पुलिस निरीक्षक बार-बार जाँच की बात कह रहे थे। बात इतनी बिगड़ चुकी थी कि पुलिस और भीड़तंत्र के बीच भरोसे की जो कड़ी थी वो टूट चुकी थी। आखिरकार पुलिस प्रशासन के साथ बीच-बचाव संबंधी वार्ता विफल हो जाती है। चूंकि मैं स्थानीय स्तर पर उभरता हुआ एक युवा नेता था इसलिए पुलिस प्रशासन के साथ बातचीत में शामिल होना मेरी मजबूरी-सी बन गई थी। लेकिन कुछ अराजक तत्वों के उकसावे के चलते वार्ता के सफल होने के सभी रास्ते बंद हो चुके थे। पुलिस के अड़ियल रूख और भीड़तंत्र की अधीरता के चलते विफल हो चुकी वार्ता के बाद ट्रैक्टर –ट्राली अवशेष को लेकर आगे बढ़ने लगी। मैं अपनी मोटर साइकिल से जाने लगा तो मेरी मोटर साइकिल पर भगतराज (बदला हुआ नाम) नामक एक युवक सवार हो गया। भगतराज बजरंग दल का तत्कालीन जिला संयोजक था।

सभी लोग थाना स्याना की ओर बढ़ने की बात कर रहे थे। अब तक ट्रैक्टर-ट्राली बुलन्दशहर- गढ़ स्टेट हाईवे पर पहुँच चुकी था। तभी उसका चालक ट्रैक्टर- ट्राली को बीच हाईवे पर इस प्रकार खड़ी कर देता है कि वहाँ से किसी अन्य वाहन का निकलना नामुमकिन हो जाता है। ऐसे में जाम लगने की स्थिति बन जाती है। दोनों तरफ वाहनों की लंबी कतार लग जाती है। 500 से अधिक लोगों का हुजूम वहाँ इकट्ठा हो जाता है।भारत माता की जय, गाय माता की जय के नारे लगने लगते हैं। लेखक भी वहाँ पहुँच जाता है।

जैसे-जैसे वक़्त बीत रहा था, लोगों की सख्या बढ़ती जा रही थी। हाइवे पर लंबा जाम और स्थिति बिगड़ने की सूचना पाकर तमाम आला अधिकारी एवं कर्मचारी वहाँ पहुँच जाते हैं।वक़्त की नज़ाकत भांपकर आला अधिकारी अलग-अलग संगठनों के नेताओं से बातचीत करके जाम खुलवाने की कोशिश करते हैं लेकिन भीड़ इतनी बढ़ चुकी थी कि कोई किसी की नहीं सुन रहा

डॉ. शिखर

था।जबकि मैं और मेरे साथी चाहते थे कि स्थिति को किसी भी तरह से सामान्य बनाया जा सके। लेकिन पुलिस निरीक्षक आंदोलित भीड़ के गुस्से के लिए मुझे ही जिम्मेदार मान रहे थे। पुलिस की यही गलतफहमी और छोटी-सी चूक ने इतना उग्र रूप ले लिया, जिसकी कल्पना शायद ही किसी ने की थी ।

वार्ता असफल होते देखकर पुलिस निरीक्षक ने भीड़ के बीच खड़े होकर मुझे खुलेआम धमकी दे डाली और मुझ पर और कुछ अन्य लोगों पर अपनी पिस्टल तानकर कहा- "जाम खुलवाओ वर्ना जो भी मेरी बात नहीं मानेगा उसे गोली मार दूंगा।"

भीड़ के बीच में एक जिम्मेदार अधिकारी का इस तरह धमकी देना भीड़ को नागवार गुजरा। माहौल और असामान्य हो जाता है। वहाँ का हालात बदलने लगता है। भीड़ उग्र रूप लेने लगती है। मेरे पास खड़े उपजिलाधिकारी से पुलिस निरीक्षक की शिकायत करते हैं कि पुलिस निरीक्षक की इस भाषा से से भीड़ बेकाबू हो जायेगी। परन्तु स्याना के तत्कालीन उपजिलाधिकारी अविनाश चन्द मौर्य जी ने मुझसे कहा कि भीड़ को मैं देख लूंगा, तुम इसकी चिन्ता मत करो। बातचीत के दौरान उपजिलाधिकारी ने कार्रवाई का आश्वासन देकर तहरीर देने की बात कही।आश्वासन मिलने के बाद मैं वापस आकर भीड़ को शान्त करने की पुरजोर कोशिश करने लगा, लेकिन भीड़ शांत नहीं हुई। मैं जब तक भीड़ से शांति की अपील करने में लगा रहा तब तक भगतराज ने तहरीर तैयार कर ली थी। चूंकि मैं सामाजिक कार्यों के साथ-साथ लोगों की समस्याओं की आवाज़ बुलंद करने वाला एक उभरता हुआ चेहरा था इसलिए तहरीर देने के लिए मुझे ही आगे आना पड़ा। मेरे माध्यम से लोगों के आक्रोश को कम करने के लिए गो-कशी की घटना संबंधी तहरीर उपजिलाधिकारी को दी गयी। उपजिलाधिकारी ने तहरीर लेने के बाद मुकदमा पंजीकृत करवाने का आश्वासन दिया।

एक सक्षम अधिकारी द्वारा आश्वासन मिलने के उपरान्त मैंने भीड़ के साथ-साथ अन्य हिंदू संगठनों के कथित पदाधिकारियों से जाम खोलने की अपील की। मेरे आग्रह और अपील पर लोग जाम खोलने पर राजी हो गए। धीरे-धीरे आक्रोशित भीड़ हाइवे से हटने लगती है लिहाजा छोटे वाहनों का आवागमन शुरू हो जाता है। चूंकि मुझे अपने घर पर खड़े नमक से भरे ट्रक को खाली

करवाना था इसलिए मैं अपनी मोटर साइकिल लेकर वहाँ से अपने घर की ओर चल दिया। एक जाना पहचाना चेहरा होने के नाते रास्ते में कई लोगों ने मुझसे हालात के बारे में जानकारी लेने की कोशिश की। मैंने लोगों को बताया कि अब स्थिति सामान्य हो गई है।

डॉ. शिखर

खूनी खेल...

एक तरफ समय का अभाव था, तो दूसरी तरफ ट्रक को खाली कराने की जल्दबाजी थी। लिहाजा रास्ते में बिना रूके मैं दोपहर करीब पौने एक बजे तक अपने घर वापस आ गया और ट्रक से नमक उतरवाने लगा। अभी करीब 20 मिनट ही बीते होंगे कि मेरे एक मित्र मेरे पास आए। मेरे और उनके बीच गौकशी से उपजे बवाल पर औपचारिक बात होने लगी। बातचीत के दौरान ही मेरे घर से मेरे मित्र के लिए चाय नाश्ता आ गया। दोनों ने बातचीत के साथ चाय और नाश्ता कब कर लिया, पता ही नहीं चला। इसी बीच मेरे मित्र की मोबाइल की घंटी बजी। उसने काल रिसीव की। कॉल करने वाले की बात सुनकर मेरा मित्र चौंक पड़ा। पल भर में ही उसके चेहरे का रंग बदल गया। अपने मित्र के बदले हुए हावभाव को देखकर मैंने परेशान होकर उसके परेशान होने का कारण जानना चाहा।

मैंने पूछा - "क्या हुआ। किसका फोन था। क्या कह रहा था।"

उसने घबराते हुए लेखक को बताया कि वहाँ दंगा भड़क गया हैं और दो लोगों की मौत हो गई है।

दंगा और दो लोगों की मौत की बात सुनकर मेरे पैर के नीचे की जमीन खिसक गई। मेरे मित्र ने मामले की पुख्ता खबर के लिए अपने कुछ करीबी लोगों को फोन करके वास्तविकता जाननी चाही, क्योंकि उसे दंगा भड़कने को लेकर सहसा यक़ीन नहीं हो रहा था। अब तक मेरे पास भी दंगा भड़कने को लेकर कॉल आ चुकी थी। मेरे मित्र को दो लोगों की दंगे में मौत संबंधित सही सूचना मिली थी।

चूंकि मैं भारतीय जनता पार्टी का एक स्थानीय पदाधिकारी था। इसलिए मैंने सबसे पहले घटना की सही-सही जानकारी जुटाने की कोशिश की, ताकि इसकी सूचना जिले के पार्टी के शीर्ष पदाधिकारियों तक पहुँचाई जा सके। दंगा भड़कने और इसमें दो लोगों की मौत को लेकर जितनी भी मेरे पास सूचना थी मैंने पार्टी के पदाधिकारियों को इसकी सूचना दे दी साथ ही पूरे वाकिये से भी अवगत करा दिया। मुझे पार्टी की तरफ से हर संभव मदद का भरोसा दिया गया। स्थानीय स्तर पर चर्चित चेहरा और राजनैतिक पार्टी का सक्रिय सदस्य होने के नाते मुझे ये भी आशंका थी कि पुलिस मेरे खिलाफ भी कुछ न कुछ षडयंत्र जरूर करेगी। इन विचारों के साथ मैं अपनी मोटर साइकिल लेकर वहाँ से निकल गया।

मेरी बाइक कुछ ही दूर पहुँची होगी कि तभी मेरी जेब में मोबाइल का वाइब्रेशन एलर्ट मोड में आ गया। मैंने काल रिसीव की। ये कॉल जिले के तत्कालीन पुलिस उपनिरीक्षक जी का था। उन्होंने सबसे पहले तो मेरी लोकेशन ली। मेरे लोकेशन की जानकारी के बाद उन्होंने मुझे बताया कि निरीक्षक साहब दंगे में शहीद हो गये हैं। पुलिस की ओर से मुझे ये संकेत दिए जा चुके थे कि गो-कशी मामले में रोड जाम करने में मेरे शामिल होने संबंधी तहरीर दी जा सकती है। ये संकेत मुझे आगाह करने के लिए काफी थे कि मैं अपने बचाव का रास्ता खोज सकूं। लेकिन मैं इस भरोसे में था कि जब मैं इस घटना में कहीं से भी शामिल नहीं हूं तो मुझे भला कोई कैसे मुझे फंसा सकता है।

डॉ. शिखर

मैंने उपनिरीक्षक साहब को बताया कि जाम खुलवाने के बाद मैं वापस घर आ गया था। लिहाजा दंगे में मेरी कोई भूमिका कैसे हो सकती है। लेकिन जिन लोगों ने दंगा भड़काया हो और जिनके चलते भीड़ अनियंत्रित हुई हो और परिणाम स्वरूप दो लोगों को अपनी जान से हाथ धोना पड़ा हो, उन्हें सजा जरूर मिलनी चाहिए। उपनिरीक्षक साहब ने मुझे भरोसा दिया और कहा – "जो असली गुनाहगार होंगे कारवाई उन्हीं के खिलाफ होगी। तुम चिंता मत करो।"

डॉ. शिखर

मेरी फरारी मेरी जुबानी...

पुलिस उपनिरीक्षक से फोन पर बात करने के बाद मैं अपनी बाइक से हापुड़ पहुँचा। चूंकि मैं पुलिसिया कार्य प्रणाली से पहले से ही परिचित था इसलिए सबसे पहले मैंने अपने मोबाईल को स्विच ऑफ किया। इसके बाद मैंने पहनने के लिए कुछ कपड़ों की खरीददारी की और वहाँ से निकल गया। इस वक्त उत्तर प्रदेश में भारतीय जनता पार्टी की सरकार थी और मैं इसी पार्टी का कार्यकर्ता था। लिहाजा मैं सबसे पहले प्रदेश की राजधानी लखनऊ पहुँचा और मैंने स्याना में घटी घटना की जानकारी अपनी पार्टी के आला पदाधिकारियों को दी। पार्टी की तरफ से सभी ने मुझे उचित कार्रवाई का भरोसा दिलाया। इसी कड़ी में कुछ तथाकथित शुभचिंतकों ने मुझे कुछ समय के लिए भूमिगत होने की भी सलाह दी। मैं जान चुका था कि मामले में मेरे नाम को घसीटा जाना महज संयोग नहीं है बल्कि मेरे मुखर विरोधियों की एक चाल है, जिसमें मैं फंस चुका हूं।

शुभचिंतकों की सलाह, स्याना में मचा भूचाल और बेकाबू दिल-दिमाग की वजह से मैंने कुछ समय के लिए पुलिस-प्रशासन के रडार से दूर रहने का फैसला किया। चूंकि मैं तत्कालिक उठापटक से बचना चाहता था इसलिए मैंने पड़ोसी देश नेपाल जाने का फैसला किया। मुझे उस समय मामले से दूर रहने का ये सबसे आसान उपाय दिखा था। फिलहाल सबसे पहले मैं पैसों के जुगाड़ में जुट गया ताकि कुछ दिन नेपाल में काटे जा सकें। मैंने अपने व्यक्तिगत संबंधों के जरिए कुछ पैसों के साथ जरूरत के कुछ सामान जुटाए और 06 दिसम्बर 2019 को मैं नेपाल के लिए रवाना हो गया। हालांकि मैं बहुत डरा और सहमा हुआ था। लेकिन मुझे हालात सामान्य होने का इंतजार करने के अलावा कोई दूसरा रास्ता भी नहीं दिख रहा था। एक बड़ी मानसिक उलझन के बीच मैं नेपाल के काठमांडू शहर पहुँच गया। स्याना में हुई घटना में निर्दोष होने के बावजूद, कहीं केस में नाम आने पर कोई मुझे पहचान ना ले, इस डर के चलते मैं रोजाना काठमांडू के अलग-अलग होटलों में ठहरने लगा।

मैंने काठमांडू पहुँचकर लोगों को सच्चाई से रू-ब-रू कराने के लिए एक वीडियो बनाने और उसे वायरल करने का फैसला किया ताकि मैं खुद को निर्दोष साबित कर सकूं। लेकिन अब तक देर हो चुकी थी। भारतीय मीडिया मुझे स्याना की घटना का गुनाहगार साबित कर चुकी थी। सभी न्यूज चैनलों पर मुझे मोस्ट वांटेड दिखाया जाने लगा। नेशनल और रीजनल टीवी चैनलों के अलावा अखबारों में मुझे ऐसे अपराधी के तौर पर पेश किया जाने लगा, जैसे मैं कोई पेशेवर बदमाश या कोई खुंखार आतंकवादी गिरोह का सदस्य हूं ।

इसे विडंबना कहें या लोकतंत्र का दुर्भाग्य, कि अभिव्यक्ति की आजादी के नाम पर चलने वाली प्रेस या मीडिया काफी हद तक दूसरों की आजादी का मतलब भूल जाती है। ये भी एक विडंबना ही है कि भोली-भाली जनता भी कोर्ट में ट्रायल चलने से पहले ही मीडिया ट्रायल के आधार पर किसी को भी बेगुनाह या गुनाहगार मान लेती है। कभी मीडिया की सुर्खियों में रहने की ख्वाहिश रखने वाले मुझ जैसे शख्स को मीडिया की असल सच्चाई का पता तब चला, जब मीडिया ने स्याना की घटना का चीरहरण करना शुरू किया। मेरी उम्र उस वक्त महज 26 वर्ष की थी। लेकिन पुलिस कार्रवाई से पहले ही मीडिया वालों ने मुझ पर बेबुनियाद 52 गंभीर आरोप तय कर दिये थे।

डॉ. शिखर

मैं डॉक्टरी का छात्र था। 07 दिसम्बर 2019 को मुझे अंतिम साल की परीक्षा देनी थी। परीक्षा देने के लिए मैंने नेपाल से भारत आने की पूरी तैयारी कर ली थी लेकिन ये बात पुलिस को पता चल चुकी थी। परीक्षा केन्द्र के बाहर पुलिस ने मुझे पकड़ने के लिए पूरी योजना बना ली थी। मुझे खतरे का अंदाजा लग चुका था इसलिए मैंने परीक्षा नहीं देने का फैसला किया और इस तरह मुझे गिरफ्तार करने की पुलिस की प्लानिंग नाकाम साबित हुई ।

गिरफ्तारी से बचकर मैंने राहत की सांस जरूर ली थी लेकिन खतरा अभी टला नहीं था। जैसे-जैसे वक़्त बीत रहा था मेरे ऊपर मानसिक दबाव के साथ-साथ गिरफ्तारी के डर का प्रभाव बढ़ता जा रहा था। सोशल मीडिया और मीडिया के इस दौर में मेरे लिए खुद को छिपा कर रख पाना मुश्किल साबित हो रहा था। भारतीय मीडिया के लिए स्याना कांड और मैं दोनों ही एक मसालेदार खबर बन चुके थे। आलम ये था कि हेडलाइंस से लेकर बुलेटिन की शुरूआत भी मेरी गिरफ्तारी ना होने की खबरों से होने लगी थी। नेपाल में भी भारतीय न्यूज चैनल देखने वालों की कमी नहीं थी और नेपाली जनता भी बारीकी से भारतीय खबरों में रूचि रखने वाली थी। मेरी आशंका थी कि कहीं ऐसा ना हो कि यहां के लोग मुझे पहचान जाएं। अदालती कार्रवाई से पहले ही स्याना कांड के लिए मीडिया ने लेखक को दोषी करार दे दिया था। मुझे अपनी बात या किसी भी तरह की अपनी दलील लोगों तक पहुँचाने का कोई रास्ता नहीं सूझ रहा था। क्या करें-क्या ना करें, सब कुछ समझ से परे हो रहा था। एक-एक पल त्रासदी के एक एक साल की तरह लग रहे थे। भूख, प्यास, नींद जैसी चीजें मेरे लिए महज एक औपचारिकता भर रह गई थी।

परिस्थितियां तेजी से बदल रही थी। बेगुनाही को लेकर मेरे बचने के रास्ते और भी ज्यादा मुश्किल लगने लगे थे लेकिन मैंने हिम्मत नहीं हारी। कल और आज की मेरी सोच में इतना फर्क आ गया, कि मैंने समस्या से कहीं ज्यादा उससे निकलने की संभावनाओं पर विचार करना शुरू किया और इसी सोच ने काफी हद तक मुझे संभाल भी लिया। सच कहूं तो मेरे खिलाफ हालात इतने विपरीत हो चुके थे कि मैं अगर कमजोर पड़ जाता तो शायद आत्महत्या कर लेता।

वक़्त कैसे बदलता है या फिर हम और हमारी सोच वक़्त के साथ कैसे

बदल जाती है, इसका एक मजेदार उदाहरण देखिये।

स्याना कांड में मुझे एक खलनायक के तौर पर पेश करने का काम मीडिया ने ही किया। मुझे सबसे ज्यादा दिक्कत भी मीडिया ट्रायल से ही हो रही थी। मीडिया के प्रति मेरे मन में एक गहरी नाराजगी और नफ़रत जाग चुकी थी। लेकिन वक़्त का खेल देखिये और मानवीय सोच की विडंबना, मैंने अपने विरोध में खड़ी मीडिया को ही अपना मददगार बनाने का फैसला किया।

08 दिसम्बर 2018 को इन्टरनेट के माध्यम से मेरी बीतचीत जगविंदर पटियाल नामक एक पत्रकार से हुई। पटियाल साहब एक राष्ट्रीय टीवी न्यूज चैनल के कार्यकारी सम्पादक थे। मैंने उनसे आग्रह किया कि वो मेरा एक इन्टरव्यू लें और स्याना कांड से जुड़ी घटना का सच भारत की जनता के सामने लाएं। मैंने पटियाल साहब से वादा भी किया कि वो जो भी सवाल करेंगे मैं उसका जबाब सच्चाई और ईमानदारी से दूंगा। चूंकि स्याना मामला भारतीय मीडिया के साथ-साथ भारतीय जनता में भी चर्चा का मुख्य केंद्र बिंदु बन चुका था, इसलिए शायद पटियाल साहब ने मेरा इंटरव्यू लेने के लिए हामी भर दी थी। दोनों के बीच नेपाल में 09 दिसम्बर की दोपहर एक बजे के करीब एक मुलाकात होनी तय हुई। पटियाल साहब के लिए मेरा इंटरव्यू महज एक खबर या मसाला हो सकती थी। मगर मेरे लिए ये मुलाकात और 09 दिसम्बर 2018 की तारीख काफी महत्वपूर्ण थी। साथ ही अपनी बेगुनाही साबित करने को लेकर एक उम्मीद की किरण भी थी। किसी तरह रात बीती और 9 दिसंबर की सुबह हुई।

डॉ. शिखर

मीडिया से हुआ रूबरू...

मैं जल्दी से तैयार होकर मुलाकात के लिए 11 बजे ही रेडिसन होटल काठमांडू पहुँच गया। मेरे साथ कोई धोखा ना हो जाये इस बात का मैं विशेष खयाल रख रहा था। हालांकि जब स्थान और समय तय था और मैंने वहाँ पहुँचने का मन भी बना लिया था, तो फिर मेरी इस सतर्कता का कुछ खास मतलब नहीं था। फिर भी सुबह 11 बजे से लेकर दोपहर एक बजे तक मैं पुलिस के वहाँ मौजूद होने या ना होने का जायजा लेता रहा। खैर अब घड़ी में दोपहर के एक बज चुके थे। तभी पटियाल साहब एक कैमरामैन के साथ गाड़ी से उतरते हुए दिखाई दिये। पटियाल साहब को देखकर मेरे मन में उम्मीद की एक नई किरण जागी। आगे बढ़कर मैंने पटियाल साहब का अभिवादन किया और उनको लेकर होटल के कमरा नम्बर 1509 में चला गया। पटियाल साहब ने अपने कैमरामैन का परिचय संजीव कापड़ी के तौर पर कराया। कैमरामैन

को इंटरव्यू लेने की तैयारी करने की हिदायत देकर पटियाल साहब मेरे साथ लंच करने चले गये। लंच करते समय पटियाल साहब ने बताया कि 4 दिसंबर को पुलिस ने 27 नामजद व 60 अज्ञात लोगों के खिलाफ 17 कानूनी धाराओं में मुकदमा पंजीकृत किया है, जिसमें मेरा नाम भी शामिल है। करीब पांच घंटे तक औपचारिक बातों का सिलसिला चलता रहा। इसके बाद शाम को 06 बजे

मेरा पटियाल साहब के साथ इंटरव्यू शुरू हुआ। पटियाल साहब अपने तरकश से एक से बढ़कर एक तीखे सवाल दाग रहे थे। मैंने बड़ी बेबाकी से सभी सवालों का सच और सही जवाब दिया। लेकिन पटियाल साहब को मेरी बात को गलत साबित करने का मौका नहीं मिल रहा था। पटियाल साहब मेरी तरफ से कुछ ऐसा जवाब सुनना चाह रहे थे जिसके जरिए वो टीवी स्क्रीन पर खेल सकें। वो मेरे इस इंटरव्यू को अपने चैनल के प्राइम टाइम पर धमाल करने की पूरी तैयारी में थे। और मैं जो कुछ कह रहा था वो मसालेदार खबर नहीं बल्कि घटना से जुड़ी सच्चाई थी।

यही वजह थी कि पटियाल साहब ने सवालों का एक पहाड़-सा खड़ा कर दिया था, लेकिन फिर भी उन्हें मन मुताबिक जबाब नहीं मिल सका था। जैसे-जैसे इंटरव्यू आगे बढ़ रहा था, वैसे-वैसे सवाल और भी आक्रामक हो रहे थे। कई बार तो मुझे ऐसा लगा कि पटियाल साहब एक पत्रकार के तौर पर सवाल नहीं कर रहे हैं, बल्कि वो अदालत में खड़े विपक्ष के वकील की भूमिका निभा रहे हैं। खैर मैं संयमित होकर उनके सभी सवालों का तर्कसंगत जवाब दे रहा था। मुझे लग रहा था कि पटियाल साहब के सभी सवालों का जबाब देकर मैं खुद को निर्दोष साबित कर सकूंगा। लेकिन मेरा सोचना गलत था। पटियाल साहब ने मेरी तरफ से मिले जबाबों पर ही काउंटर सवाल करना शुरू कर दिये थे। इंटरव्यू लंबा खींचता चला जा रहा था। मुझे आभास हुआ कि पटियाल साहब को सवालों का जवाब सुनना ही नही हैं। तब मैंने उनसे सवालों के बदले सवाल करना शुरू कर दिया। अब पटियाल साहब का रूख नरम पड़ने लगा था। उनके कड़क सवालों के तेवर नरम पड़ने लगे थे। मैंने उनसे उन तमाम सवालों को पूछने का सिलसिला जारी रखा, जो मुझे नागवार दिख रहे थे। पटियाल साहब की तल्खी अब दोस्ताना में बदलने लगी थी। शायद इसका कारण ये भी था कि मेरे चेहरे पर सच्चाई का आत्म विश्वास और ज्यादा गहरा दिखाई देने लगा था।

डॉ. शिखर

कुछ क्षण बाद पटियाल साहब ने मुझे कानून के सामने सरेण्डर करने की सलाह दी और इसके साथ ही मेरा इंटरव्यू समाप्त हो गया।

इंटरव्यू खत्म होते ही मैंने पटियाल साहब से विदा लिया और सीधे उस होटल में गया जहां पर मैं ठहरा हुआ था। कमरे में पहुँचकर मैंने बहुत ही उत्सुकता से टेलीविजन ऑन किया तो स्टार न्यूज चैनल की स्क्रीन पर नजर पड़ते ही मेरे हाथ-पांव कांपने लगे। दरअसल पटियाल साहब ने तो अपनी पत्रकारिता का धर्म निभा दिया था। अब स्क्रीन की बारी थी कि वो मुझे लोगों के सामने कैसे पेश करता है। मैंने देखा कि स्क्रीन पर बड़ी-बड़ी हेडिंग चल रही थी ।

सुपर एक्सक्लुसिव-आज रात 8 बजे

"बुलन्दशहर का गुनहगार टीवी पर पहली बार..."

इन लाइनों के फ्लैश होने की वजह साफ तौर पर टीआरपी थी। लेकिन मैं खुद को ठगा हुआ सा महसूस कर रहा था। "बुलन्दशहर का गुनहगार" के नाम से मुझे सम्बोधित किया जा रहा था, जबकि मैंने अपने इंटरव्यू में तथ्यों के साथ खुद को निर्दोष साबित करने की कोशिश की थी। फिलहाल मेरे हाथ में कुछ नहीं था, जो कुछ दिखाना था वो न्यूज चैनल को दिखाना था। मैं बेबस था और कुछ बेसब्री से रात आठ बजने का इंतजार करने के अलावा मेरे पास कुछ और नहीं था। रात आठ बजे से नौ बजे तक स्टार न्यूज चैनल ने मेरे इंटरव्यू के साथ जमकर खेला, हालांकि चैनल ने पूरे इंटरव्यू को बिना किसी छेड़छाड़ पूरा दिखाया, लेकिन "बुलन्दशहर का गुनहगार" के नाम से हैडर चलाकर उसने मुझे अपराधबोध में झोंकने का कोई मौका भी नहीं गंवाया।

पूरा शो देखने के बाद मेरे मन में विचार आया की शायद मैंने कोई गलत जवाब नहीं दिया है फिर भी मेरी आंखों से नींद नदारद थी। मेरी समझ में नहीं आ रहा था कि मैं करूं तो क्या करूं। काफी देर सोचने के बाद मुझे याद आया कि मेरी फेसबुक फ्रेंड लिस्ट में कई मीडिया वाले भी शामिल हैं। मैंने होटल प्रशासन के एक सदस्य से रिक्वेस्ट कर कुछ देर के लिए उसका लैपटॉप मांग लिया। फेसबुक आई डी खोलकर मैंने मीडिया संस्थानों से जुड़े कुछ लोगों से सम्पर्क करने की कोशिश की जिसमें मैं मधुकर मिश्रा (बदला हुआ नाम) नामक एक पत्रकार से संपर्क साधने में सफल रहा। मधुकर मिश्रा उस समय आज तक

न्यूज चैनल से जुड़े थे। उन्होंने मुझसे कहा कि मैं देश के नम्बर एक न्यूज चैनल को इंटरव्यू दूं। चूंकि पटियाल साहब के साथ मेरा इंटरव्यू काफी निराशाजनक साबित रहा इसलिए मैंने मधुपर मिश्रा से साक्षात्कार देने को लेकर थोड़ा समय मांग लिया और इंटरव्यू देने की बात कल पर टाल गया।

मेरी मन:स्थिति बदल चुकी थी। मेरे मन में हजारों सवालों ने जन्म ले लिया था। मैं अंदर से बहुत घबराया हुआ था। मेरे मन में बार-बार स्टार न्यूज की वो स्क्रीन आ जा रही थी जिस पर "बुलन्दशहर का गुनहगार" फ्लैश हुआ था। मेरा इंटरव्यू पूरा देश देख चुका था। उसी इंटरव्यू को आधार बनाकर अन्य न्यूज चैनलों ने मुझसे संपर्क साधने की कोशिश की। लेकिन जब संपर्क नहीं हो पाया तो मुझे स्याना दंगे का गुनहगार साबित करने लगे।

पुलिस पर सवाल खड़े होने लगे कि एक आरोपी पुलिस को चुनौती देकर चैनल पर खुद को निर्दोष बता रहा है और पुलिस उसे तलाशने का नाटक कर रही है। मैं अपने दिये गये इंटरव्यू और चैनलों की खबर की अहमियत को समझ चुका था। मुझे लगा कि अगर अब कोई इन्टरव्यू दिया तो पुलिस पर गिरफ्तारी करने का और ज्यादा प्रेशर बढ़ जायेगा और मैं पुलिस की रडार पर आ सकता हूं। ऐसा विचार कर मैंने मधुकर मिश्रा से आगे कोई बातचीत नहीं की। लेकिन अब तक शायद देर हो चुकी थी। मेरी तलाश में पुलिस और एसटीएफ की 22 टीमें लग चुकी थी।इन टीमों को बस एक ही शख्स की तलाश थी, वो था शिखर अग्रवाल, अध्यक्ष भारतीय जनता पार्टी युवा मोर्चा स्याना बुलन्दशहर।

शिखर यानि मैं वास्तव में कोई ताकतवर इंसान नहीं था ना ही मैं इस बवाल का कोई मास्टरमाइंड था। और ना ही मेरा कोई आपराधिक ट्रैक रिकार्ड था अगर मेरे पास कुछ ऐसा था, तो वो था मेरी बेगुनाही को लेकर मेरा आत्मविश्वास। यही आत्मविश्वास मुझे लोगों से अलग कर रहा था। खुद पर भरोसा होना ही मेरे लिए काफी था। आत्मविश्वास शब्द मेरे जीवन में ऐसा शब्द था कि मुझे ताकत दे रहा था, कि मुझे पुलिस की 22 टीमें तो क्या 2200 टीमें भी नही पकड़ सकतीं। इसी आत्मविश्वास को लेकर मैं अपनी मंजिल ढूँढ रहा था, कि कैसे इस बवाल की आग की लपटों से अपने आप को बचाया जा सकता है। मीडिया में चल रही खबरों से लेखक को पता चला कि अब तक पुलिस 10 से

डॉ. शिखर

ज्यादा लोगों को गिरफ्तार कर चुकी है और मेरी तलाश कर रही है।

मैं इस दौरान रोजाना सभी न्यूज चैनलों पर पुलिस अधिकारियों को स्याना कांड के मुख्य आरोपी यानि मुझे पकड़ने के प्रयासों के लम्बे-लम्बे वादे करते हुए देखता था। खबरों को देखने के बाद मुझे हर दिन की अपडेट के साथ मेरी गिरफ्तारी के संभावित खतरे का अंदाजा हो जाता था। मेरा एक-एक पल एक-एक साल की तरह लग रहे थे। ऐसा लग रहा था जैसे अब खतरा भी खतरे के निशान से ऊपर जा चुका है। लेकिन मेरे पास खुद को सुरक्षित रखने के अलावा कोई दूसरा रास्ता भी नहीं दिखाई पड़ रहा था। खैर मरता क्या ना करता, सब कुछ ऊपर वाले के भरोसे छोड़कर मैं खुद को संभालने की कोशिश में लग गया। मेरे बेकसूर होने के चलते मेरा आत्मविश्वास भी अब बढ़ने लगा था। मैं महसूस करने लगा कि काली रात का अंत अब होने वाला है।

मेरी उम्मीदों की सुबह हुई, सूरज नई किरणों के साथ मेरे लिए जिंदगी जीने के नए मायने लेकर आया। मैं सुकून महसूस कर रहा था लेकिन भय तो भय ही होता है। मुझे रह-रह कर मेरी गिरफ्तारी का डर सताने लगता। कहते हैं जब इंसान मुश्किल के दौर में होता है तो उसका झुकाव अपने आप ही धर्म और अध्यात्म की तरफ बढ़ जाता है। एक नई सुबह के साथ एक नई उम्मीद लेकर मैं भगवान पशुपतिनाथ मंदिर में दर्शन पूजन के लिए गया। उस दिन मंदिर में काफी भीड़ और चहल-पहल थी। मंदिर में पूजा अर्चना करने के बाद अपनी सलामती की प्रार्थना कर मैं मंदिर के परिसर में टहलने लगा। कुछ देर तक मंदिर में चहलकदमी करने के बाद मैं मंदिर परिसर में ही एक किनारे बैठकर वर्तमान और भविष्य की तुलना करने लगा। एकांत में बैठकर खुद को सुरक्षित मानने वाले मुझ जैसे सरल व्यक्तित्व के मन में गिरफ्तारी की आशंका इस कदर हावी थी कि मैं हर आने जाने वाले व्यक्ति को संदेह की नजर से देख रहा था, कि कहीं ऐसा ना हो कोई पहचान ले और स्थानीय पुलिस को इसकी जानकारी दे दे। इसी उधेड़बुन में मेरा समय कैसे बीत गया, मुझे पता ही नहीं चला। हर रोज की तरह आज शाम को भी मैं ऑनलाइन अखबार के पन्नों को पलट रहा था और स्याना कांड को लेकर ताजा खबरें अपडेट कर रहा था। नेपाल में रहते हुए दिन भर इधर-उधर घूमना शाम को अखबार के पन्ने पलटना मेरी आदत में शुमार हो चुका था।

घटना के कई दिन बीत जाने के बाद भी मैं पुलिस की पहुँच से बाहर था। मीडिया और राजनीतिक दबाव की वजह से अब पुलिस के आला अधिकारियों ने मेरी खोज खबर की कार्रवाई तेज कर दी थी। मेरी गिरफ्तारी में हो रही देरी के चलते पुलिस के कई बड़े अधिकारियों के ऊपर गाज गिर चुकी थी। सबसे पहले चिंगरावठी चौकी के तत्कालीन उपनिरीक्षक पर गाज गिरी, क्योंकि बवाल उन्हीं के इलाके में हुआ था। उनके बाद दूसरा नंबर वहाँ के पुलिस क्षेत्राधिकारी का था। घटना के तत्काल बाद स्याना के पुलिस क्षेत्राधिकारी का तबादला हो गया था। क्षेत्राधिकारी के बाद वहाँ के तत्कालीन एसपी सिटी का भी तबादला लखनऊ कंट्रोल रूम में कर दिया गया था। इस सबके बावजूद मैं पुलिस की पहुँच से अभी भी दूर था। इसी बीच बुलन्दशहर जनपद के वरिष्ठ पुलिस अधीक्षक के तबादले की खबर आ गई। उन्हें पुलिस महानिरीक्षक लखनऊ मुख्यालय से अटैच कर दिया गया। इन सब खबरों को देखकर मैं भी खुद पर दबाव महसूस करने लगा था।

इन तबादलों के बीच एक तेज तर्रार पुलिस अधिकारी को क्षेत्राधिकारी स्याना की नई जिम्मेदारी सौंपी गई। अलीगढ़ से आये एक अन्य पुलिस अधिकारी को एसपी सिटी और एक कड़क छवि वाले अन्य पुलिस अधिकारी को एसएसपी पद की जिम्मेदारी देने के साथ इन्हें मुझे गिरफ्तार करने की जिम्मेदारी सौंपी गई। एसएसपी साहब सहारनपुर से ट्रांसफर होकर आये थे। उन्होंने वहाँ काफी अच्छा काम किया था। उन्हें निडर पुलिस अधिकारी के तौर पर देखा जाता था, क्योंकि उन्होंने सहारनपुर में रहते हुए एक वकील को कानून तोड़ने पर जेल में डाल दिया था। बुलन्दशहर में आते ही उन्होंने फरमान जारी कर दिया था कि कोई भी पुलिसकर्मी रिश्वत लेता हुआ पकड़ा गया तो उसे सीधा जेल भेज दिया जायेगा। विभागीय संतुलन बनाने के बाद कप्तान साहब ने पूरे जिले में स्याना कांड में फरार आरोपियों के पोस्टर चस्पा करने का आदेश जारी कर दिया। सार्वजनिक स्थानों के साथ-साथ वाहन स्टैंडों और रेलवे स्टेशन पर पुलिस द्वारा फरार आरोपियों की फोटो लगा दी गई। मैं सोशल मीडिया के माध्यम से जिले में होने वाली हर छोटी-बड़ी घटना पर नजर रख रहा था। मीडिया में आ रही खबरों से मुझे पता चला कि हर दिन पुलिस किसी न किसी आरोपी को गिरफ्तार कर जेल भेज रही है। स्याना कांड से जुड़े मामले में नामजद 15 से ज्यादा लोग जेल

डॉ. शिखर

जा चुके थे। इन खबरों को देखकर मुझे भगवान के सिवा कोई दूसरा मददगार नहीं दिख रहा था।

13 दिसम्बर 2018 को मैं नेपाल में ही स्थित जनकपुरी मंदिर गया। जहां मैंने मंदिर में पूजा-अर्चना की। जब मंदिर में होता तो लगता कि भगवान मेरे साथ हैं और जब होटल में होता तो लगता कि जैसे ही होटल के कमरे से बाहर निकलूंगा, पुलिस मुझे गिरफ्तार कर लेगी। इन्हीं मानसिक उलझनों के साथ किसी तरह वक्त बीतता रहा। अब तक मेरे पास रखे पैसे भी खत्म होने को आए थे। खाली जेब होने का डर भी मुझे बेचैन कर रहा था। नेपाल का खर्च और फरारी की जिंदगी से मेरा मन ऊबने लगा था। मैं अपनी मदद के लिए किसी को अपने पास बुला भी नहीं सकता था और ना ही किसी को फोन कॉल कर सकता था। दरअसल, मुझे इस बात का पूरा आभास था कि मुझे जानने वालों के नंबर सर्विलांस पर लगे होंगे। ऐसे में कोई रास्ता ना देखकर मैंने वापस भारत आने का मन बना लिया ।

48

मंदिर दर्शन के बाद गोवा दर्शन...

काठमांडू से दिल्ली आना खतरे से खाली नहीं था। ऐसा विचार कर मैंने काठमांडू से मुम्बई की फ्लाईट पकड़ी और 26 दिसम्बर 2018 को मुम्बई आ गया। मुम्बई के बारे में मुझे कोई खास जानकारी नहीं थी। मैं मुंबई के बारे में उतना ही जानता था जितना इसके बारे में पढ़ा-सुना था। मैं जीवन में पहली बार मुंबई आया था। एयरपोर्ट से बाहर आने के बाद मैं टैक्सी लेकर बस स्टैंड के लिए चल दिया। बस स्टैंड पर पहुँचकर मैंने गोवा जाने वाली बस के बारे में जानकारी ली तो पता चला कि सभी बसें शाम छः बजे के बाद की हैं। बस स्टैंड पर ही मैंने अपने कपड़े बदले, क्योंकि काठमांडू में ज्यादा ठंड होने की वजह से मैंने गर्म कपड़े पहने थे। जब कि काठमांडू के मुकाबले मुम्बई में गर्मी बहुत ज्यादा थी।

मुंबई से गोवा जाने वाली एसी बसों का किराया 500 रुपये से लेकर

1200 रूपए तक था। सेमी स्लीपर में जहां महज 500 रूपए में मैं गोवा जा सकता था वहीं स्लीपर के टिकट की कीमत 1200 के आस-पास थी। चूंकि मैं इतने दिन से फरारी काट रहा था, लिहाजा मेरे पास नपे-तुले ही पैसे थे। मैंने समय की नज़ाकत को देखते हुए सेमी स्लीपर से गोवा जाने का फैसला किया और बुकिंग वाली बस की प्रतिक्षा करने लगा। अब दोपहर ढलान पर थी और शाम के तीन बजने वाले थे। बस अपनी निर्धारित जगह पर आकर खड़ी हो चुकी थी। पूछने पर बस वाले ने बताया कि सुबह 04 बजे तक हम गोवा पहुँच जायेंगे। मैं इत्मीनान से बस में अपनी निर्धारित सीट पर बैठ गया। बस चलने लगी तो मुझे ऐसा लगा जैसे मेरी मुसीबत टल गई है। धीरे-धीरे बस ने रफ्तार पकड़ ली। करीब 60-70 किमी प्रति घंटे की रफ्तार से बस भागी जा रही थी। सड़क को देखकर ऐसा लग रहा था जैसे सड़क विभाग ने अपने जीवन में सही काम इसी सड़क पर किया है। खैर..दिन भर की थकान की वजह से नींद ने कब अपने आगोश में ले लिया, मुझे पता ही नहीं चला। सुबह जब मेरी आंख खुली तो पाया कि मैं गोवा की सीमा के करीब आ चुका हूं। फिलहाल एक घंटे में हम गोवा उतरने वाले थे।

गोवा पहुँचने का बस का समय 4 बजे था और चार बज भी चुके थे। इसलिए मुझे समझ में आ चुका था कि बस ड्राईवर कहीं ढाबे पर बस खड़ी करके सो गया होगा। लेकिन कंडक्टर से पता चला कि बस का एक टायर पंक्चर हो गया था इसलिए आने में देर हो गई। फिलहाल पांच बजे सुबह मैं गोवा के पणजी में खड़ा था। अब मुझे उस जगह की तलाश थी जहां ठहरने के लिए मैं आया था। मैंने अपनी जेब से उस कागज के टुकड़े को निकाला जिस पर एक पता लिखा हुआ था। चूंकि मुझे पणजी के बारे में भी बहुत ज्यादा जानकारी नहीं थी इसलिए मैं एक रिक्शा वाले के पास गया। गोवा और मुंबई में ऑटो वालों को रिक्शा वाला कहते हैं। फिलहाल, रिक्शा वाले को पता दिखाकर मैंने उससे किराया पूछा। रिक्शा वाले ने कागज पर लिखे गए पते को देख कर सौ रूपये किराया बताया। मुझे किराया कुछ ज्यादा लगा और मैंने यूपी वालों की तरह आदतन उससे मोल-भाव करना शुरू कर दिया। मोलभाव की क्रिया की प्रतिक्रिया सार्थक रही और मामला 70 रूपये में पट गया। मैं रिक्शे में सवार हो गया। महज 10 मिनट के सफर के बाद रिक्शे वाले ने ब्रेक लिया तो मैंने पूछा-

डॉ. शिखर

क्या हुआ भाई ! रिक्शे वाले ने मुस्कुराते हुए जवाब दिया कि मेरी ये संक्षिप्त यात्रा पूरी हो चुकी है। मुझे जिधर जाना था, मैं उसी जगह खड़ा था।

दरअसल, मैं जहां आया था वो मेरे भाई के एक खास मित्र राघव (बदला हुआ नाम) का निवास था। मैं राघव को पहले से ही पहचानता था लिहाजा रूम का दरवाजा खोलते ही राघव ने मुझे गले से लगा लिया। रूम में कई बैग पैक करके रखे हुए थे उन्हें देखकर ऐसा लग रहा था कि जैसे ये बैग कहीं लंबी यात्रा को लेकर पैक किए गए हैं। मैंने राघव से पूछा तो उसने बताया कि वह बैंकाक जा रहा है। कुछ दिन के बाद वापस आयेगा। औपचारिक खातिरदारी के बाद राघव ने मुझसे गोवा आने की वजह पूछी, तो मैंने उसे बताया कि मैं गोवा घूमने आया हूं और कुछ दिन गोवा में ही गुजारना चाहता हूं। चूंकि राघव को स्याना कांड की कोई जानकारी नहीं थी, ऐसे में मैंने भी उससे इस बाबत कोई बातचीत नहीं की। मैंने अपने भाई राघव से भी इस बाबत कोई जानकारी साझा करने से मना कर दिया। फिलहाल राघव ने कुछ जरूरी हिदायतों के साथ मुझे रूम की चाबी दे दी। रूम की चाबी देने के बाद राघव अपना बैग लेकर एयरपोर्ट के लिए निकल गया। काफी दिनों बाद मैं निश्चिंत होकर औंधे मुँह बेड पर ऐसे गिरा जैसे कटा हुआ पेड़ जमीन पर गिरता है। शायद ये मेरी सोच थी कि "लो आ गया मैं गोवा, जिसे जो करना है कर ले।"

फिलहाल, राघव को विदा करने के बाद मैंने थोड़ी देर आराम करने के बाद नहाकर पूजा पाठ किया और इसके बाद गोवा की सड़कों पर चलहकदमी करने निकल गया। थोड़ी दूर जाने के बाद मैं अपने मन से पुलिस का डर निकालते हुए गोवा के वातावरण में ढलने की कोशिश कर रहा था। लेकिन रह-रह कर मेरे दिमाग में अपनी गिरफ्तारी का डर सता रहा था। जिसे मैं चाह कर भी निकाल नहीं पा रहा था। फिलहाल तो मैंने गोवा की सड़कों पर सैर सपाटा करने के दौरान ही एक रेस्टोरेंट में दोपहर का खाना खाया। इसके बाद एक साईबर कैफे पर जाकर स्याना कांड की ताजा अपडेट की जानकारी ली। हालांकि, मैं अपने जानने वालों के फोन पर नहीं के बराबर बात कर रहा था। लेकिन इसके बगैर भी काम चलना मुश्किल था। न्यूज अपडेट करने के बाद मैंने इंटरनेट के जरिए अपने एक वकील मित्र से संपर्क किया और उनसे गोवा में आकर मुलाकात करने का आग्रह किया। उन पर मुझे पूरा भरोसा था और वो भी मुझे अपने परिवार

का सदस्य मानते थे। ऐसे में उन्होंने मुझसे मिलने के लिए गोवा आना स्वीकार कर लिया। दो दिन बाद वो वाया दिल्ली ट्रेन से मेरे बताए निर्धारित पते पर गोवा पहुँच गए। मैंने उन्हें अपनी आपबीती सुनाई और उनसे कानूनी सलाह ली। उन्होंने मुझे तत्कालिक परिस्थितियों में सरेंडर करने से मना कर दिया। उन्होंने मुझे इसकी वजह बताई कि पुलिस वाले की हत्या के चलते पूरा प्रशासन गुस्से में है और अभी सरेंडर करने का मतलब होगा मुझे अत्यधिक टार्चर होना होगा। उन्होंने बताया कि पुलिस पर मेरी गिरफ्तारी को लेकर राजनैतिक दबाव तो है ही साथ ही माहौल को शांत होने में भी अभी समय लगेगा, लिहाजा अभी सरेंडर करना उचित नहीं होगा। मौके की नज़ाकत को देखते हुए मुझे अभी कुछ दिन और फरारी में काटना मजबूरी थी।

वो करीब पांच दिन तक मेरे साथ गोवा में रहे। उनके गोवा आने के बाद मेरा आर्थिक संकट दूर हो गया। हम दोनों ने गोवा के कई जगहों पर एक पर्यटक के तौर पर अपनी उपस्थिति दर्ज कराई और समुद्र की लहरों के बीच अपने निराश मन की लहरों को खुल कर आनंद लेने का मौका दिया।

डॉ. शिखर

दिल्ली रवानगी...

काफी अहम मुद्दों पर चर्चा के बाद 03 जनवरी 2019 को मैं और मेरे वकील मित्र वाया ट्रेन गोवा से दिल्ली के लिए रवाना हो गये। दो दिन के सफर के बाद हम दोनों पूरी ऐहतियात के साथ दिल्ली पहुँच गये। मैं सतर्कता बरतने में कोई कोताही नहीं बरत रहा था। मेरी ट्रेन दिल्ली के निजामुद्दीन स्टेशन तक जानी थी। लेकिन वहाँ कोई मुझे पहचान ना ले, इसलिए मैं और मेरे वकील मित्र दोनों ही सराय रोहिला स्टेशन पर ही उतर गये। स्टेशन से बाहर निकलने के बाद स्टेशन से थोड़ा आगे आकर हमनें एक आटो लिया और पाण्डव नगर, दिल्ली पहुँच गये।

रात के करीब नौ बज रहे थे पांडव नगर में मेरे भाई और उनके दोस्त मेरा इंतजार कर रहे थे। चूंकि मैं दो दिन के सफर की वजह से बहुत थका था लिहाजा भाई से कुछ बातें करने के बाद मैं वहीं बिस्तर पर लुढ़क गया।

भरपूर नींद लेने के बाद सुबह नौ बजे मेरी आंखें खुली। सबसे पहले मेरे भाई ने नए मोबाइल के साथ-साथ मेरे वकील मित्र के नाम पर एक सिम खरीदी। रूम पर आगे की रणनीति तय करके मैं पांडव नगर से अक्षरधाम मैट्रो स्टेशन आया। यहां से मैं रोहतक जाने वाली बस पकड़कर रोहतक सिटी के लिए निकल गया। अब तक दोपहर के दो बज चुके थे। मैंने अपने मोबाईल से नागर (बदला हुआ नाम) नामक एक शख्स को फोन लगाया। उसने शाम 06 बजे बस स्टैंड पर मिलने की बात कह कर फोन रख दिया। मैं 4 घंटे तक बस स्टैंड पर नागर का इंतजार करता रहा। इन चार घंटों के दौरान मैं अपने मोबाईल के माध्यम से जिला बुलन्दशहर की खबर लेने लगा। मुझे खबरों के जरिए जानकारी मिली कि स्याना कांड में अब तक 25 से ज्यादा लोग गिरफ्तार हो चुके हैं। इसमें से कुछ लोग कोर्ट में सरेण्डर करके जेल-लोक की राह पकड़ चुके हैं। अब तक शाम के 6 बज गये थे तभी नागर का फोन आया कि वो बस स्टैंड पर आ गया है। नागर मेरा पुराना मित्र था। लेकिन उससे मुलाकात हुए करीब सात साल बीत चुके थे। सात साल के लम्बे समय के बाद हुई मुलाकात काफी गर्मजोशी भरी थी। हम दोनों ने एक दूसरे को गले लगाया। मैंने नागर से अपनी सारी बातें साझा की और कुछ दिन रूकने का आग्रह किया, जिसे नागर ने काफी सोच विचार करने के बाद स्वीकार कर लिया। मैं नागर के साथ उसकी मोटर साईकिल से उसके घर पहुँचा। उसके घर पर उसकी माता जी, एक बड़ा भाई और नागर की 3 साल की भतीजी थी। अपनी संस्कृति के हिसाब से मैंने माता जी के चरण स्पर्श किये, बड़े भाई से हाथ मिलाया और बेटी के साथ घुलने-मिलने की कोशिश करने लगा।

नागर का सामाजिक जीवन भी हिचकोले मार रहा था। नागर अपने पारिवारिक जीवन में संक्रमण काल से गुजर रहा था। नागर के पिता उसके साथ नहीं रहते थे। भाभी घरेलू विवाद के चलते घर छोड़ कर जा चुकी थीं। नागर के परिवार की डगमग नौका मेरी परिस्थितियों से भी ज्यादा जटिल जान पड़ी। मेरे मन में नागर के प्रति सहानुभूति का पैदा होना स्वाभाविक था। नागर काफी खुद्दार किस्म का लड़का था। मेरी और नागर के बीच जिंदगी की जद्दोजहद को लेकर काफी देर तक बातें चलती रही। बातचीत का सिलसिला खत्म होता, इससे पहले ही नागर की मां ने भोजन करने को लेकर आवाज़ लगा दी। मैंने और नागर ने एक साथ भोजन ग्रहण किया इसके बाद नागर ने मुझे कमरे में ही एक

डॉ. शिखर

बेड पर लेट जाने के लिए कहा और खुद दूसरे रूम में सोने के लिए चला गया।

रात काफी बीत चुकी थी। लेकिन मेरी आंखों से नींद गायब थी। नागर की पारिवारिक स्थितियों को देखने के बाद मुझे अब अपने घर की चिंता सताने लगी थी। बुलन्दशहर में क्या हो रहा होगा...मेरा परिवार कैसे जीवन यापन कर रहा होगा....ऐसी तमाम आशंकाओं के साथ घर के मौजूदा हालात के बारे में सोचते-सोचते मैं कब सो गया मुझे पता तक नहीं चला।

सुबह दरवाजा खटकाने की आवाज़ सुनकर मेरी आंखें खुली। मैंने मोबाइल पर नजर डाली तो पाया कि सुबह के सात बज चुके हैं। नागर ने मुझे सुप्रभात बोलते हुए एक कप चाय की प्याली मेरे हाथों में थमा दी। नागर के अपनी नौकरी पर जाने का समय हो रहा था। लिहाजा नागर ने मुझे भी जल्द ही नहा-धोकर जल्द तैयार होने के लिए कहा, ताकि हम दोनों साथ घर से निकल सकें। मैंने जल्दी-जल्दी स्नान किया और दोनों ने मिलकर नाश्ता लिया। नागर की एक किक पर उसकी बाईक स्टार्ट हो गई। हम दोनों बाईक पर सवार हुए और सीधे पेट्रोल पंप जा पहुँचें। नागर दरअसल एक पेट्रोल पम्प पर बने प्रदूषण नियंत्रण कक्ष में काम करता था। नागर ने बताया कि उसे इस काम के लिए 15000 रूपये महीने की तनख्वाह मिलती है। चूंकि मुझे किसी तरह नागर के साथ समय गुजारना था इसलिए मैंने नागर के काम के बारे में दिलचस्पी लेनी शुरू की।

मैं तो महज समय काट रहा था लेकिन जब मैं प्रदूषण नियंत्रण को लेकर इसकी तह में गया तो पाया कि यहां तो प्रदूषण जाँच के नाम पर गोरख धंधा चल रहा है। जाँच के नाम पर सिर्फ कागजी खानापूर्ति होती है। दरअसल उस केंद्र पर प्रदूषण जाँच करने वाली मशीन ही खराब पड़ी थी। सिर्फ कम्प्यूटर और प्रिंटर के जरिए ही तारीख जाँच प्रमाण पत्र बनाने का खेल खेला जा रहा था। हर प्रकार के वाहन के अलग-अलग रेट थे। चालान से बचने के लिए वाहन चालक मनमाना पैसा भी चुका रहे थे। ना तो वाहन चालक और ना ही प्रदूषण जाँच केंद्र के मालिक, किसी को भी प्रदूषण की रोकथाम से दूर-दूर तक कोई मतलब ही नहीं था। चूंकि नागर के सामने नौकरी करने की मजबूरी थी। वो सब कुछ जानते हुए भी चाहकर इस सिस्टम के खिलाफ आवाज़ नहीं उठा सकता था। जाँच केन्द्र का मालिक शाम को प्रदूषण जाँच केन्द्र पर आता और जाँच की

हुई गाड़ियों की पर्ची का मिलान कर पैसे लेकर चलता बनता। हर रोज मैं नागर के साथ उस सेंटर पर जाता और इस खेल को समझने की कोशिश करता। दो-चार दिन बीतने के बाद मेरी समझ में यही आया कि सिस्टम और देश ऐसे ही चल रहा है।

जब इन कामों से मेरा मन ऊब जाता तो मैं नागर की मोटरसाइकिल लेकर रोहतक शहर की सैर पर निकल पड़ता और नागर की ड्यूटी का समय पूरा होने के दस मिनट पहले सेंटर पर वापस धमक पड़ता। मैं अब तक रोहतक के तमाम पार्कों, बस स्टैंडों और रेलवे स्टेशन के दर्शन कर चुका था। मेरी दिलचस्पी यहां के लोगों के रहन-सहन, जीने के तौर तरीके, खान-पान के बारे में जानने को लेकर रहती थी। मैं वैसे भी घुमक्कड़ी प्रवृत्ति का था और किसी जगह की संस्कृति और सामाजिक ताने बाने को समझना मेरी फितरत में था। मैंने अनुभव किया कि अन्य राज्यों के मुकाबले हरियाणा में लड़कियों और महिलाओं के बाहर अकेले घुमने फिरने की आजादी में अभाव है। वैसे तो रोहतक शहर मुझे बेहद प्यारा शहर लगा। ये शहर दिखावटीपन वाला शहर नहीं है। यह शहर बाकी शहरों के मुकाबले कम खर्चीला शहर भी है। अधिकांशत: सभी चीजें उचित कीमत पर ही मिलती हैं। मैंने पाया कि यहां फल-सब्जियों आदि के रेट भी अन्य शहरों की तुलना में कम ही थे। इन सब बातों से अलग मैंने पाया कि यहां शराब की कीमतें भी अन्य राज्यों के मुकाबले बहुत कम हैं। शायद इसलिए यहां शराब का सेवन करने वालों की संख्या ज्यादा है। आपको सुबह से ही शराब की दुकानों पर लम्बी-लम्बी कतारें लगी दिख जाएंगी।

खैर कई दिन बीतने के बाद नौ जनवरी 2019 को मैंने इंटरनेट के माध्यम से अपने चाचा डॉ. संजीव अग्रवाल जी से बात की। डॉ. संजीव अग्रवाल की गिनती बुलन्दशहर के नामी-गिरामी लोगों में होती है। जिले के लगभग सभी सरकारी अधिकारियों के पास उनका आना-जाना और मिलना-जुलना था। उन्होंने मुझे बताया कि तत्कालीन एसपी सिटी से उनकी कई बार बातचीत हो चुकी हैं। उन्होंने भरोसा दिया है कि पुलिस मेरा उत्पीड़न नहीं करेगी और ना ही कोई गलत धारा लगायेगी। बशर्ते मुझे बिना शर्त अपनी गिरफ्तारी देनी पड़ेगी। मैंने अपने चाचा को ये समझाने का प्रयास किया कि पुलिस के झांसे में हमें नहीं आना है। लेकिन मेरे चाचा को एसपी सिटी की बातों पर पूरा भरोसा था। जब

डॉ. शिखर

मेरे चाचा मेरी बातों को मानने के लिए तैयार नहीं हुए तो मैंने उन्हें बताया कि इलाहबाद हाईकोर्ट में गिरफ्तारी से बचने के लिए एक याचिका डाली जा चुकी है, जिस पर माननीय हाईकोर्ट ने प्रदेश सरकार से जवाब भी मांगा है। इस याचिका पर फाइनल आर्डर का इन्तजार कर लेना ज्यादा उचित होगा। इसके बाद किसी तरह का फैसला किया जाए तो ठीक रहेगा। लेकिन मेरी बात चाचा जी को नागवार गुजरी। उन्हें मेरी बजाय एसपी सिटी की बातों पर ज्यादा भरोसा था। चाचा जी ने अपना पक्ष मजबूत करने के लिए इस केस से संबंधित एक उदाहरण भी रख दिया। उन्होंने बताया कि सतीश (बदला हुआ नाम) नामक आरोपी ने भी गिरफ्तारी से बचने के लिए कोर्ट में एक याचिका दाखिल की थी जिसे अदालत ने खारिज कर दिया। फिलहाल, ना तो चाचाजी मेरी बात समझ पा रहे थे और ना ही मैं उनकी बातों पर पूरा यक़ीन कर पा रहा था। मुझे तो अपने हाईकोर्ट अधिवक़्ता वीपी श्रीवास्तव पर पूरा भरोसा था कि वो मुझे स्टे दिलाने में कामयाब हो जायेंगे। फिलहाल, मैंने चाचाजी रो बहस करने की बजाय इस बात को विराम देने में ही भलाई समझी। दरअसल, मुझे गिरफ्तारी से बचने को लेकर इसलिए भी अधिक भरोसा था क्योंकि मैंने स्टे पाने के लिए अपने वकील को एक बड़ी धनराशि दी थी जो कि नब्बे हजार रूपए थी। मैं सरेंडर करने सम्बंधित कोई जल्दबाजी भरा कदम उठाने के कतई मूड में नहीं था, जब तक मेरी याचिका पर सुनवाई नहीं हो जाती।

डॉ. शिखर

आखिरकार कर दिया सरेंडर...

मेरा मन फैसला ले चुका था, इसके बावजूद मेरे दिल और दिमाग के बीच रस्साकसी शुरू हो चुकी थी कि चाचाजी की बात पर अमल करना है या अपने वकील पर भरोसा करना है, जिसने मुझे स्टे दिलाने का वादा किया था। मेरे लिए एक तरफ कुंआ तो दूसरी तरफ खाई जैसी स्थिति बन गई थी। अगर गिरफ्तारी देता हूँ तो पुलिस उत्पीड़न के साथ-साथ पैसे के डूबने का डर था और अगर नहीं देता तो मुझे अपने चाचा जी की जुबान खाली करने की तोहमत लगती। मेरी नजर में पुलिसिया उत्पीड़न से कहीं ज्यादा मुझे अपने चाचा जी की जुबान खाली होने की चिंता थी। इसकी मुख्य वजह मेरा अपने चाचा के प्रति सम्मान और पारिवारिक रिश्ते का होना था। सच कहूं तो मेरा दिमाग मेरे खुद के निर्णय के पक्ष में खड़ा था और दिल चाचाजी के साथ खड़ा था। इसकी वजह ये थी कि बचपन से लेकर जवानी तक मेरा पालन-पोषण मेरे चाचा जी ने किया था।

मैं एक अजीब से धर्मसंकट में फंसा था। क्या करें-क्या नहीं करें जैसी स्थिति में मैं बुरी तरह से उलझ चुका था, क्यों कि इन परिस्थितियों में मैं दोराहे पर खड़ा था। मेरे मन में वैचारिक शून्यता हावी होती जा रही थी। काफी सोच विचार करने के बाद मैंने व्यक्तिगत फायदे को दरकिनार करते हुए चाचाजी के पक्ष में खड़ा होने का फैसला किया ।इसे आप सभी मेरी पारिवारिक मजबूरी का भी नाम दे सकते हैं।

गिरफ्तारी के लिए परिवार पर पुलिसिया दबाव, एसपी को दी गई चाचा की जुबान की चिंता से मेरी आंखों के सामने परिवार के सभी सदस्यों के चेहरे आने लगे। फिर भी मैंने खुद को समझाने की बहुत कोशिश की लेकिन नाकामयाब रहा और अंत में ये सोचकर कि चाचा को दुनियादारी का अधिक तजुर्बा है, मैंने अपनी गिरफ्तारी देने संबंधी फैसला अपने चाचा पर छोड़ दिया। फिर वही हुआ, जैसा चाचाजी चाहते थे। मेरे सरेंडर करने के साथ मेरी गिरफ्तारी हुई। चाचाजी को दिए गए वायदे को एसपी सिटी ने बहुत हद तक निभाया। मेरे हिस्से जेल की सलाखें आईं, क्योंकि मुझे तत्काल जमानत की सौगात देने से अदालत ने सिरे से खारिज कर दिया था।

डॉ. शिखर

जेल-लोक में आगमन...

जिला कारागार बुलन्दशहर

कारागार का ज़िक्र होते ही मन में एक अलग तरह की तस्वीर उभर जाती है।कोई भी कारागार बाहरी दुनिया से दूर एक ऐसी अलग दुनिया होती है जिसके अपने अलग कानून और कायदे होते हैं। कारागार की ऊंची-ऊंची दीवारों के मायने शायद किसी भी इंसान की जिंदगी के मायने से कहीं ज्यादा ऊंचे और उलझे होते हैं ।

जेल के गेट पर पहुँचने के बाद मुझे अहसास हुआ कि इन ऊंची दीवारों के पीछे की जिंदगी की लंबाई आजीवन कारावास से लेकर आया राम-गया राम जैसी होती है। कुछ को जेल से फांसी के फंदे तक का सफर तय करना पड़ता है तो कुछ को महज दो-चार तारीखें। जिसकी जितनी जुर्म की लंबाई

होती है उतनी ही कठोर सजा होती है। छोटे जुर्म के लिए सजा भी छोटी होती है। लेकिन जिसने जुर्म किया ही नहीं हो, उसकी क्या सजा हो, इसका फैसला कैदी की किस्मत से ज्यादा उसके वकील की दलीलों और अदालती कार्यवाही पर निर्भर करता है। ना तो मैं कोई पेशेवर अपराधी था, ना ही मैंने कोई अपराध किया था, फिर भी मुझे जेल की हवा खानी पड़ रही थी। मैं तो पहली बार सिस्टम की चकरघिन्नी का शिकार हुआ एक ऐसा नवयुवक था, जिसकी जिंदगी में जेल की यात्रा लिखी थी।

कारागार में एंट्री मारने से पहले मुझे पीले रंग से पुती हुई जेल की दीवारों के पीछे की काली दुनिया का एहसास होने लगा था। मन में एक अजीब सा डर था कि कैसे-कैसे खतरनाक बंदी यहां रहते होगें। जिला कारागार का विशाल प्रवेश द्वार ये बताने के लिए काफी था कि जेल में घुसना तो आसान है लेकिन इससे निकलना उतना ही मुश्किल है। मुझ जैसे बेगुनाह आरोपियों को तमाम कानूनी दांव-पेंच से गुजरने के बाद ही जमानत की कुंडी खुलती है, ये मेरे वकील ने साफ कर दिया था। बाहरी दुनिया में आजाद परिंदे की तरह उड़ान भरने वाले मुझ जैसे शख्स के मन में जेल की ऊंची दीवारों और विशाल दरवाजे की आवश्यकता को लेकर तमाम तरह के सवाल आये। खैर मैं अपने जेल की फिलॉसफी पर बाद में चर्चा करूंगा, पहले मैं आपको ये बताना चाहूंगा कि जैसे ही मैं जिला कारागार के विशाल दरवाजे के करीब पहुँचा, मेरे रोंगटे खड़े हो गए। मुझे जेल लाने वाली पुलिस टीम के सदस्यों ने आवाज़ लगायी तो दरवाजे के बीच में बना एक चार फुट का छोटा-सा दरवाजा खुला और मुझे उसके अन्दर ले जाया गया। मुझे अपने साथ लेकर आई पुलिस टीम ने कुछ कागजी कार्रवाई की खानापूर्ति की और मैं अब बाकायदा जेल के अंदर आ चुका था।

मन में दूसरों की सेवा करने का भाव लेकर डॉक्टरी की पढ़ाई करने वाला छात्र या यूँ कहें कि एक मामूली आदमी जिसका इस जेल-लोक से दूर-दूर तक कोई संबंध नहीं रहा हो, वो अब एक आम शख्स नहीं रह गया था बल्कि वो एक बंदी बन चुका था। अतीत, वर्तमान और भविष्य से जुड़े तमाम सवाल मेरे मन में आने लगे। मैं अपनी जगह खड़े होकर मन ही मन वक़्त की व्याख्या कर रहा था। लेकिन सब कुछ मेरी समझ से परे था।

डॉ. शिखर

कागजी कोरम पूरा करने के बाद स्थानीय पुलिस मुझे जेल में डालकर वापस लौटने लगी। जेल में तैनात एक पुलिसकर्मी ने मुझे कारागार परिसर में ही जमीन पर बैठने का इशारा किया, साथ ही चेतावनी भी दी कि अगर मैंने जेब या शरीर में कहीं कुछ छिपा रखा है तो ईमानदारी के साथ निकाल दूं। हालांकि मेरे जेब में कुछ भी नहीं था फिर भी तलाशीजामा लेने वाले पुलिसकर्मी ने मेरी तसल्लीबख्श जेबें टटोलीं। मेरी पहली बार इस तरह से किसी शख्स ने तलाशी ली थी। मुझे ऐसा महसूस हो रहा था कि मैंने कोई चोरी की है और मेरी तलाशी ला जा रही है। मुझसे कहा गया कि मैं अपने शरीर से सभी कपड़े उतार दूं। जेल में बदले हुए हालात से मैं पहले से ही डरा हुआ था इसलिए बगैर देर किए मैंने अपना स्वेटर, शर्ट, बनियान और पेंट उतार दिया। कपड़े उतारने के बाद पुलिसकर्मी ने मुझसे अण्डरवियर भी उतारने के लिए कहा। संबंधित पुलिसकर्मियों के लिए किसी के कपड़े उतरवाना रोज का काम रहा होगा लेकिन मेरे लिए ये बेहद शर्मनाक पल था। सार्वजनिक तौर पर मैं कभी निर्वस्त्र नहीं हुआ था, पर पुलिसिया रोब के आगे मैं ये सब करने को मजबूर था। कपड़े उतारने के चलते मुझे एक ओर तो ठंड लग रही थी। वहीं दूसरी ओर जेल की कड़क बयार के आगे सर्दी में भी मेरे पसीने छूट रहे थे।

थोड़ी देर बाद चेहरे से खूंखार दिखने वाला एक शख्स पीली वर्दी में आया। उस शख्स ने सबसे पहले मेरे निर्वस्त्र शरीर की पूरी तलाशी ली उसके बाद एक-एक करके मेरे उतारे हुए कपड़ों को खंगालना शुरू किया। तलाशी से संतुष्ट होने के बाद उसने मुझे मेरे कपड़े सौंप दिए। मैंने झटपट अपने कपड़े पहने और शांति के साथ एक किनारे खड़ा हो गया। कुछ देर बाद मुझे कारागार के गेट नंबर दो पर लाया गया जहां पर एक बार फिर से मेरी पहले की तरह तलाशी ली गई। गेट नंबर दो पर तलाशी के बाद गेट नंबर तीन और फिर गेट नंबर चार पर भी तलाशी का अभियान जारी रहा। चारो गेटों पर तलाशी के बाद मुझे बैरक नम्बर एक में ले जाया गया।

बैरक नम्बर एक में मेरी मुलाकात राईटर राकेश और को-राईटर अमित से हुई। जेल में राईटर का मतलब उन सजायाफ्ता कैदियों से होता है जो जेल की व्यवस्था में सहयोग करते हैं। राईटर उन्हीं कैदियों को बनाया जाता है, जो जेल अधिकारियों के भरोसे पर खरे उतरते हैं। हालांकि ये कोई आधिकारिक

पद नहीं होता है बल्कि ये जेल-लोक में रह रहे बन्दियों को जेल प्रशासन के द्वारा प्रदान किया जाता है। वे बन्दी जिन्हें आजीवन कारावास की सजा मिली होती है या जिनकी जमानत सबसे बड़ी अदालत में भी खारिज हो चुकी होती है। उन्हीं बंदियों में से चयन करके जेलर किसी एक को राइटर बनाता है।

राइटरों का मुख्य काम नये आने वाले बंदियों की सुबह शाम गिनती करना होता है।

नये बंदियों से अवैध रूप से होने वाली कथित धन उगाही का काम भी इन्हीं राइटरों के जिम्में होता है। कथित तौर से उगाही की गई रकम का एक बड़ा हिस्सा जेल अधिकारियों तक पहुँचाना भी इन्हीं राइटरों की जिम्मेदारी होती है। बैरक नंबर एक का राईटर सभी राईटरों में सबसे अहम माना जाता था, क्योंकि हर बन्दी को जेल आने के बाद 10 दिन तक बैरक नंबर एक में ही रखा जाता था। बंदी के आने के बाद उसकी मुलाकातें आती थी। एक गैरकानूनी प्रक्रिया के तहत प्रत्येक बंदी को पहली मुलाकात आने पर राईटर को कथित तौर पर 500 रूपये देने होते थे। दूसरी मुलाकात आने पर 200 रूपये और तीसरी मुलाकात से आगे सभी मुलाकातों पर 70 रूपये देने पड़ते थे।

इस काले खेल का एक नियम और था। अगर किसी बंदी की मुलाकात सप्ताह में तीन से ज्यादा आती थी तो उसे हर एक मुलाकात पर 60 रूपये अतिरिक्त देने होते थे। क्योकि जेल के कायदे-कानून के मुताबिक एक बंदी सप्ताह में सिर्फ तीन मुलाकात ही कर सकता है। परन्तु ये कायदे कानून सीधे-साधे कैदियों पर ही लागू होते थे। दरअसल, कुख्यात और दुर्दांत अपराधियों के सातों दिन मुलाकाती आते थे और जेल प्रशासन कथित तौर से इसकी सातों दिन मुलाकात कराता था। जेल में मुलाकात की भी दो शिफ्ट हुआ करती है। जो मुलाकाती सुबह 9 बजे तक जेल के बाहर नम्बर (आमद दर्ज) लगा देते थे। उनकी मुलाकात 3 घंटे के बाद दोपहर 12 बजे से 1 बजे तक पहली शिफ्ट में हो जाती थी। जो लोग सुबह 9 बजे के बाद 10 बजे तक नम्बर लगाते थे, उनकी मुलाकात दोपहर एक बजे से ढाई बजे तक होती थी। लेकिन पैसे देकर लोग अपने बंदियों से मिलने दोनों शिफ्ट में आ जाते थे। जिसके लिए उन्हें जेलकर्मियों को कथित तौर पर सुविधा शुल्क देनी पड़ती थी। साथ ही बंदी को भी गाइड

नामक एक नाजायज शुल्क देना पड़ता था। मुलाकात के नाम पर जेल प्रशासन की चांदी ही चांदी होती थी। जितनी ज्यादा मुलाकात उतनी ज्यादा कमाई...यहां मैंने जेल लोक में एक अलग तरह का कारोबार देखा, जिसकी कल्पना वही कर सकता है जिसका कभी जेल की सलाखों से सामना हुआ हो।

जेल-लोक का सिस्टम जानने और समझने में मुझे ज्यादा वक्त नहीं लगा या यूँ कहें कि जेल-लोक के घाघ प्राणियों ने मुझे इसका सारा सिस्टम समझा दिया था। मैं भले ही कारागार में बंद लोगों से अपरिचित था लेकिन मुझे ये जानकर हैरानी हुई कि यहां बंद तमाम कैदी मेरे नाम से भली-भांति परिचित थे। कुछ तो बकायदा मुझे अच्छी तरह से जानते पहचानते थे। मुझे पहचानने की एक बड़ी वजह जेल में लगा टीवी स्क्रीन था, जिस पर मेरे लाइव इंटरव्यू का आना और साथ ही स्याना कांड से जुड़ी खबरों में एक आरोपी के तौर पर मेरा ज़िक्र होना था। जेल के अन्दर सभी बैरकों में एलईडी टीवी लगी हुई थी, जहां न्यूज चैनल ट्यून किए हुए थे। इसके अलावा यहां राष्ट्रीय स्तर के अखबार भी नियमित तौर पर आते थे।

जेल प्रवास का पहला दिन मेरे लिए अशांति भरा रहा। पहले दिन ही जेल में मेरी मुलाकात आलोक (बदला हुआ नाम) नामक के एक कैदी से हुई। पहली मुलाकात के दौरान ही आलोक ने मेरा चरणस्पर्श कर आर्शीवाद मांगा। आलोक पर पहले से कई मुकदमे दर्ज थे। इससे पहले भी वो कई बार जेल की यात्रा कर चुका था। उसने मुझे जेल के रहन-सहन के बारे में बहुत कुछ ऐसी जानकारी साझा की जो बेहद अहम थीं। उसने जेल के गैरकानूनी नियम–कायदे के बारे में मुझसे खुलकर चर्चा की और मुझे कुछ पैसे भी दिये। चूंकि जेल-लोक में आगमन का मेरा पहला दिन था और मेरे पास पैसे नहीं थे इसलिए मैंने उसके दिए पैसे को सहर्ष स्वीकार कर लिया।

आलोक ने बताया कि उसको ये पैसे कारागार में ही बंद किसी कैदी ने दिये थे। मैं जेल-लोक के माहौल में अभी घुल-मिल ही रहा था कि मेरी मुलाकात रौनक लोधी नामक एक कैदी से हुई। रौनक लोधी स्याना कांड मामले में ही नामजद था। रौनक मुझे पहले से जानता था। मुलाकात के दौरान रौनक और मेरी दुआ-सलाम हुई। मुझे जेल में पाकर रौनक का मनोबल थोड़ा बढ़ा।

दरअसल, रौनक का मेरे अलावा इस जेल में कोई जान-पहचान वाला शख्स नहीं था। इसलिए मुझे पाकर उसे जेल में रहने को लेकर थोड़ा हौसला मिला। रौनक ने बताया कि मेरी गिरफ्तारी के बाद स्याना कांड संबंधी मामले की कार्यवाही में थोड़ी तेजी आएगी। वो मेरा हाथ पकड़कर अपनी बैरक के अंदर ले गया, जहां पर गोकशी मामले में नामजद बाबू लोधी और भानू अहलावत पहले से मौजूद थे। विडंबना देखिये कि बाबू और भानू मुझे व्यक्तिगत रूप से जानते नहीं थे। उन्होंने मेरे नाम से मुझे पहचाना था। खैर...मेरा नाम भी इस मामले में पुलिस द्वारा शामिल किए जाने के बाद इन सबको जल्द न्याय मिलने की उम्मीद दिखाई देने लगी। मुझे जेल में देखकर बाबू लोधी काफी भावनात्मक हो चला था। उसने मुझे अपनी बगल में बिठा लिया और मेरे हाथ में खाने के लिए एक सेब दिया। मैंने उसके दिए सेब को खाने के आग्रह को अस्वीकार कर दिया। लेकिन सभी लोगों ने मुझे भरोसा दिया कि यहां मौजूद सभी लोग अपने ही लोग हैं तो मैंने सेब को फिर से अपने हाथों में ले लिया।

मेरे जेल में आगमन होते ही वहाँ का माहौल भी बदल चुका था। इनका प्यार पाकर मुझे ऐसा लगने लगा कि मैं अपने परिवार के बीच बैठा हुआ हूं। इनके साथ हालचाल लेने के अलावा बातों का सिलसिला शुरू हुआ तो इन लोगों ने मेरे सामने सवालों का पहाड़ खड़ा कर दिया। मुझसे बात करने को लेकर ये लोग इतने उत्सुक थे कि कभी-कभी दो लोग एक साथ अलग-अलग सवाल कर बैठते। हर कोई जानना चाह रहा था कि मुकदमे में क्या अपडेट है। चूंकि जेल में मैं नया-नया आया था तो ताजा अपडेट मुझसे बेहतर कोई नहीं बता सकता था। चारों तरफ से सवाल दागे जा रहे थे। सबसे पहला सवाल बाबू लोधी ने दागा कि मुकदमे का क्या हाल है और आपने क्यों सरेण्डर किया। मैंने उन्हें बताया कि पुलिस का दबाव बढ़ता जा रहा था साथ ही पुलिस सीआरपीसी की धारा 82 की कार्यवाही कर चुकी थी। ऐसे में मेरा सरेंडर करना जरूरी हो गया था।

दरअसल, धारा 82 में पुलिस द्वारा उद्घोषणायें जारी की जाती हैं। साथ ही आरोपी को सरेंडर करने का वक्त भी दिया जाता है। अगर 82 की कार्रवाई के बाद भी आरोपी सरेंडर नहीं करता है तो पुलिस कोर्ट से 83 की कार्रवाई की अनुमति मांगती है। 83 की कार्रवाई के तहत आरोपी का घर कुर्क कर दिया जाता है। चूंकि धारा 82 की समय सीमा 11 जनवरी 2019 तक ही थी। इस

डॉ. शिखर

वजह से मैंने 10 जनवरी को ही पुलिस के सामने सरेंडर करने का प्लान बना लिया था ताकि धारा 83 की कार्रवाई से बचा जा सके। हालांकि, पुलिस घटना के बाद मेरे घर पर काफी तोड़-फोड़ कर चुकी थी। ऐसे में मैंने इस नये मुकदमे से बचने के डर से सरेंडर किया और आज जेल में हूं।

बातों का दौर चल ही रहा था कि तभी बाहर से मेरे नाम की पुकार हुई और मुझे बैरक से बाहर बुलाया गया। मैं बाहर आया तो मुझे जेल-लोक में बने अस्पताल ले जाया गया। अस्पताल में पहुँचने पर एक बार फिर से मुझे जामा तलाशी वाली प्रक्रिया से गुजरना पड़ा। अस्पताल में मेरे सभी कपड़े उतरवाये गये। शरीर की लम्बाई, चौड़ाई, मेरे शरीर का माप-तौल लिया गया। आंखों की जाँच की गई। शरीर पर किसी भी तरह के निशान आदि का गहनता से निरीक्षण किया गया। पूरी जेल में यही एक जगह थी जहां पर मैंने पाया कि यहां का माहौल कुछ साफ सुथरा है।

इस प्रक्रिया से गुजरने के बाद मुझे कुछ मौका मिला तो मैंने अस्पताल बैरक का भी भ्रमण किया। मुझे पता चला कि अस्पताल बैरक में बंदियों के रहने की क्षमता से भी कम बंदी हैं। जेल के बाकी बैरकों की दशा बहुत ही खराब थी। हर बैरक में क्षमता से करीब तीन गुना कैदी रहते थे। बुलंदशहर जेल की कुल क्षमता 840 बंदियों के रखने की है। परन्तु उस वक़्त करीब 2200 कैदी जिला कारागार में बंद थे। जब अस्पताल के बारे में मैंने पता किया तो मुझे जानकारी मिली कि इस बैरक में पैसे वाले लोग सुविधा शुल्क देकर अस्पताल में भर्ती हो जाते हैं और आराम से घर जैसी जिंदगी जीते हैं। अस्पताल में पैसे देने वाले लोगों को बिस्तर की भी सुविधा मिल जाती थी।

डॉ. शिखर

जेल-लोक का काला कारोबार...

अस्पताल के बेड मजबूत लोहे के बने थे। अस्पताल में दो डॉक्टर थे। दोनों डॉक्टरों की अलग-अलग ड्यूटी रहती थी। एक वक़्त पर एक ही डॉक्टर मौजूद रहता था। अस्पताल में एक फार्मासिस्ट भी था। जिसको देखने मात्र से ही पता चलता था कि इससे बड़ा भ्रष्टाचारी शायद ही कोई शख्स होगा। मैंने अस्पताल के सिस्टम को जानने की कोशिश की, तो अस्पताल में काम करने वाले बंदियों ने बताया कि 5000 रूपये फार्मासिस्ट को देकर यहां भर्ती हुआ जा सकता है। मुझे जेल में रहते हुए कुख्यात कैदियों से अलग रहने की थोड़ी आस जगी। फिर क्या था, सौदा तय हो गया। लेकिन मुझे जेल की अपनी पहली रात एक नम्बर बैरक में ही बितानी थी। मैं सभी औपचारिक प्रक्रियाओं को पूरी करके वापस बैरक आया। अब तक रात हो चुकी थी। सभी कैदी सोने की तैयारी कर रहे थे। बाकी कैदियों की तरह मैं भी जेल का एक गंदा सा कम्बल ओढ़कर सो गया।

सुबह 06 बजे राईटर ने सीटी बजाकर सभी बंदियों को बैरक से बाहर निकाल दिया। कैदियों की गिनती के लिए इस प्रक्रिया को अपनाया जाता है। गिनती की प्रक्रिया शुरू हुई। सभी बंदियों की संख्या पूरी पाकर उन्हें वापस सोने के लिए बोल दिया गया। फिलहाल, मैं इस प्रक्रिया को समझ नहीं पाया था। बाद में मुझे पता चला कि ऐसा बंदियों की गिनती के लिए किया जाता है। अब तक सुबह के 07 बज चुके थे। चाय पीने को लेकर पुकार हो चुकी थी। सभी बंदी चाय के लिए एक निर्धारित जगह पर इकट्ठा हो गये थे। जहां पर चाय और खाना मिलता था। इस जगह को परेड का नाम दिया गया था। मैं भी चाय लेने के लिए जाने लगा तो बाबू लोधी ने मुझे मना करते हुए कहा कि मैं वहाँ ना जाऊं। मेरे लिए यहीं चाय आ जाएगी। बाबू लोधी ने एक गरीब से दिखने वाले बंदी को 20 रूपये दिये। उसने झट से पैसे पकड़े और बगैर देरी किए चाय लेकर हाजिर हो गया। मैं अभी इस नजारे को देख ही रहा था, कि कचौड़ी बेचने वाले बंदी आ चुके थे। उनके बेचने का तरीका कुछ ऐसा था कि आम आदमी डर के चलते कचौड़ी खरीद ले। एक-एक करके चाय, काफी, आमलेट आदि बेचने वालों की भी फेरी लगने लगी। सभी वस्तुएं अपने खुदरा मूल्य से 5 गुना कीमत पर बेची जा रही थीं। बेचने वालों का आना जाना इस तरह से लगा था जैसे ट्रेनों में एक के बाद एक वेंडर खाद्य उत्पाद बेचने के लिए चक्कर लगाते हैं। मैं दैनिक क्रिया से निवृति होकर नहा-धोकर पूजा-पाठ करने के बाद जेल परिसर में टहलने लगा ।

यहां पर नहाने की व्यवस्था भी कम रोमांचकारी नहीं थी। पानी की लगभग 10 टंकियां लगी हुई थीं। जिसमें से सुबह 06 बजे अपने आप पानी बहना शुरू हो जाता था और 12 बजे तक बहता रहता था। पानी की ऐसी बर्बादी देखकर घुटन सी महसूस हो रही थी। लेकिन जेल में ऐसा कोई क्रांतिवीर नहीं था जो एक ही झटके में कारागार की कारगुजारियों पर लगाम कस देता। मैं जेल की सलाखों के पीछे एक बंदी की हैसियत से आया था, समाजसेवी की हैसियत से नहीं। इसलिए मुझे जेल के बनाए गए नियम-कायदों के दायरे में ही रहना था। यहां बंदी को अपनी जुबान बंद रखनी पड़ती है। वैसे भी अगर मैं जेल में अनियमितताओं को लेकर कोई शिकायत करता, तो भी किससे करता। यहां तो सभी का चोर-चोर मौसेरा भाई वाला हिसाब-किताब था। लिहाजा ऐसी चीजों को नजरंदाज करना ही मैंने उचित समझा। शौचालय के हालात भी कुछ ऐसे ही

डॉ. शिखर

थे। पूरी बैरक में बस एक ही शौचालय था। शौच जाने के लिए सभी बंदी लाईन लगाकर अपनी-अपनी बारी का इंतजार करते थे। सुबह छः बजे से दोपहर बारह बजे तक भले ही टंकी से पानी बहकर बर्बाद होता था लेकिन शौचालय में पानी समय से ही आता था। हर बैरक के अन्दर अपना-अपना एक अहाता था। इन अहातों में बंदियों को रखा जाता था। सभी आहतों में एलईडी लाइटें लगी हुई थीं। जेल में समय काटना भी मुश्किल काम था। कुछ बंदी आपस में क्रिकेट मैच का लुत्फ उठा कर समय की मौज लेते थे, तो कुछ संस्कारी बंदी जुआ खेलकर अपने बेहिसाब समय की ऐसी-तैसी करते थे।

दोपहर करीब 12 बजे मेरे नाम की पुकार से मेरा ध्यान टूटा। मैंने जवाब में कहा- "यहीं जेल में ही हूं।"

मेरे नाम की पुकार और उस पर मेरी प्रतिक्रिया मिलने पर मुझे जेल के कम्प्यूटर रूम में बुलाया गया, जहां एक स्लेट पर मेरा नाम, पिता का नाम लिखकर फोटो खींची गई। साथ ही मेरा बंदी कार्ड तैयार किया गया। इस प्रक्रिया को पूरी करने के बाद मैं वापस बैरक में आया तो दोपहर के खाने की आवाज़ लग चुकी थी। लेकिन जेल के नए सहयोगी बाबू लोधी ने मेरे लिए बैरक में ही खाना मंगवा लिया था। मैंने उनके साथ भोजन किया। भोजन करने के थोड़ी देर बाद एक बार फिर से मेरे नाम की पुकार हुई – "शिखर...शिखर"

लेकिन इस बार की आवाज़ में कुछ नरमी थी। बैरक के बाहर खड़े व्यक्ति ने कहा – "मैं शाम को आपको लेने आऊंगा। आपको अस्पताल में भर्ती कर दिया गया है।"

मैं मन ही मन में बहुत खुश हुआ लेकिन मैंने अपने चेहरे पर खुशी के भाव को जाहिर नहीं होने दिया। मैंने अपने मुकदमे में शामिल बंदियों के पास जाकर उन्हें अस्पताल में भर्ती होने की बात बताई। उन लोगों ने मेरे अस्पताल में शिफ्ट होने की खबर पर खुशी जताई। चूंकि मैं मेडिकल का छात्र था इसलिए मुझे अस्पताल में रहने का अच्छा अनुभव था।

अब तक जेल में बंद बड़े-बड़े अपराधियों के बारे में जेल बंदियों ने मुझे बता दिया था फिर भी मेरे ऊपर इन बातों का कोई खास असर नहीं था।

हताशा और निराशा के बीच बीत रही बंदियों की जिंदगी में खुद के मन को

बहलाने का कोई विशेष तरीका नहीं था। लिहाजा वे ताश के पत्ते खेला करते थे। कुछ बंदी तो जुआ भी खेलते थे। मजेदार बात ये थी कि चार बंदी ताश खेलते थे, तो पचास बंदी उनके इर्द-गिर्द खड़े मिलते थे। खेल का नियम यह था कि खेलने वाले बंदी को हर एक चाल पर कम से कम 100 रूपये तो लगाने ही पड़ते थे। इसलिए रूपये लगाने वाले कम और देखने वाले बंदियों की संख्या ज्यादा होती थी। जेल में बहुत से ऐसे बंदी भी थे, जिनकी शिकायत थी कि पैसा ना दे पाने की वजह से पुलिस ने उन्हें बेवजह जेल भेज दिया। बंदियों की ऐसी बातें सुनकर मुझे बड़ा ताज्जुब होता था। जेल में जुआ सिर्फ ताश के पत्तों से ही नहीं बल्कि लूडो से भी होता था। सभी बंदी अपने-अपने खिलाड़ी पर पैसा लगाते। इससे दो फायदे थे, पहला ये कि इससे बंदियों का मनोरंजन हो जाता था, दूसरा इनमें से कुछ शातिर कैदी पैसे भी बना लेते थे। चूंकि मैं जेल में नया आया था इसलिए मेरी समझ में नहीं आ रहा था कि ये जेल है या अपराधियों के लिए सैरगाह। कागजी तौर पर जेल को सजा काटने के साथ-साथ सुधारगृह भी कहा जाता है। लेकिन मैं असमंजस में था कि ये जेल क्या उन दुर्दांत अपराधियों का अड्डा है, जहां ये ऐशो-आराम से जीवन यापन करते हैं। मेरे मन में ऐसे हज़ारों सवाल थे जिसका जबाब देने वाला शायद कोई नहीं था।

विडंबना देखिये कि जिन प्रतिबंधित दवाइयों को रखने की वजह से पुलिस आम लोगों को जेल भेज देती है, वही दवाइयां जेल में खुले आम बेची जाती थीं। इन्हें बेचनेवाले कोई और नहीं बल्कि पुलिसकर्मी ही होते थे। कुछ इसी तरह की गतिविधियों को मैंने अपनी नंगी आंखों से देखा। एक बंदी आवाज़ लगाकर नशा करने वाली दवाइयों के अलावा अन्य नशीले उत्पादों की बिक्री कर रहा था। बंदी द्वारा बेची जाने वाली दवाइयां नारकोटिक्स के तहत आती हैं। इनका इस्तेमाल अमूमन बुजुर्गों को नींद न आने पर विशेषज्ञ चिकित्सकों की सलाह पर होता है।

जेल के अंदर की अनोखी दुनिया की दास्ताँ यहीं आकर नहीं रूकती। अभी तो मुझे बहुत कुछ देखना सुनना बाकी था। फिलहाल मैं बात प्रतिबंधित नशीली दवाओं की कर रहा था, जो जेल के अंदर धड़ल्ले से बिक रही थीं।

बंदी द्वारा नशे की गोलियों के बेचने की बात पता चलते ही युवा बंदियों का

डॉ. शिखर

हुजूम इन दवाइयों को खरीदने के लिए दौड़ पड़ा। इस नजारे ने मुझे अंदर तक झकझोर दिया। लेकिन ये गैरकानूनी व्यवस्था जेल अधिकारियों की मिलीभगत से संभव थी। बगैर उनके संरक्षण के नशीली पदार्थों की बिक्री जेल में फल-फूल ही नहीं सकती थी। मैं चाह कर भी इस गैरकानूनी काम को लेकर आवाज़ नहीं उठा सकता था। मैं लाचार था... बेबस था। जेल में इन हालातों को देखने के बाद मुझे लगा कि शायद जेल में ऐसा अब कुछ भी अनोखा गैरकानूनी कारोबार नहीं है, जो मुझे देखना बाकी रह गया होगा।

जेल परिसर में मेरे दिन कैसे कट रहे थे, बयान नहीं कर सकता। शाम के 4 बजते ही हर बैरक में जरूरी सामानों की फुटकर दुकानें सज जाती थीं। दुकान पर बीड़ी, सिगरेट, माचिस, कंघी, छोटा शीशा, तेल, साबुन, शैम्पू, क्रीम आदि सामान बेचा जाता था। सभी वस्तुए बाजार रेट से पांच सौ फीसदी अधिक कीमत पर बेची जाती थी। जेल में दूध की थैलियां, देशी घी, दही, मक्खन, चाकलेट भी उपलब्ध था। देखते ही देखते जेल के अनोखे कारोबार में मैं भी शामिल हो गया और मैंने इसकी शुरूआत चाकलेट और चिप्स की खरीददारी के साथ की।

शनिवार का दिन था। जेल के नियमों के मुताबिक इस दिन सिर्फ विशेष मुलाकात ही आती थी। मुझे अपने घर, परिवार, नेता या अन्य विशेष व्यक्ति के आने की काफी उम्मीद थी। लेकिन उस दिन मुझसे मिलने कोई भी नहीं आया। आशा-निराशा के बीच किसी तरह दिन बीत गया। अब तक शाम के 06 बज चुके थे। तभी अस्पताल से एक बंदी कर्मचारी आया और उसने मेरा नाम पुकार कर अस्पताल चलने के लिए कहा। बाबू लोधी ने मुझे अस्पताल जाते समय एक साफ-सुथरा कंबल दे दिया था। अस्पताल जाते समय मैं बेहद उत्साहित था। कारण साफ था कि बैरक की अपेक्षा अस्पताल का माहौल थोड़ा बेहतर और शांत था। अस्पताल बैरक में पहुँचने के बाद मेरी मुलाकात चंदू नामक एक अन्य बंदी से हुई। चंदू, लोधी बिरादरी से ताल्लुक रखता था। चंदू सीआरपीसी की धारा 302 की सजा में आजीवन कारावास की सजा काट रहा था। चंदू अस्पताल का सबसे काबिल और अधिकारियों का सर्वाधिक भरोसेमंद बंदी था। सभी मरीजों को दवा, गोली, इन्जेक्शन आदि देने का काम चंदू ही करता था। अपने काम और अधिकारियों का विश्वासपात्र होने की वजह से अस्पताल में चंदू

की अच्छी पकड़ थी। चंदू और मेरी दोस्ती होते देर न लगी। चंदू ने इस दोस्ती का फर्ज निभाना शुरू किया। उसने मेरे लिए अपने पास वाला बैड खाली करा दिया और उस बेड पर लेटे हुए मरीज को जमीन पर लिटा दिया। उसने मेरे लिए तकिया, चादर के साथ-साथ अन्य जरूरी सामान भी उपलब्ध करा दिया। काफी दिनों बाद उस रात मैं सुकून की नींद सो सका। रोजाना की पुलिस से बचने की जद्दोजहद और भाग-दौड़ से मुझे मुक्ति मिल चुकी थी। फरारी के दौरान अगर आस-पास से कोई एम्बुलेन्स भी निकल जाती थी, तो मैं डर के मारे सहम जाता था। मेरा एक-एक पल खौफ के साये में बीतता था। हर पल मुझे गिरफ्तारी का खतरा बना रहता था। रात्रि में कई बार जागकर मैं सड़क की तरफ देखा करता था। लेकिन जेल में आने के बाद डर के इस सिलसिले से नाता टूट चुका था कि पुलिस आएगी और मुझे गिरफ्तार कर लेगी।

एक तरफ पुलिस का खतरा खत्म हो चुका था, तो दूसरी ओर जमानत मिलने को लेकर रस्साकशी शुरू हो चुकी थी। जेल में भले ही पुलिस के साथ गिरफ्तारी से बचने को लेकर चूहे-बिल्ली का खेल नहीं हो रहा था लेकिन कारागार की गैरकानूनी गतिविधियों ने मुझे व्यथित कर दिया था। फिलहाल तो मैं अस्पताल बैरक में आकर सुकून महसूस कर रहा था। क्योंकि यहां मुझे बंदी चंदू का साथ मिल गया था जो जरूरत की हर चीज मुझे मुहैया करा देता था।

उस दिन मैं काफी देर तक सोया। चंदू ने मुझे जब जगाया तो उस वक़्त घड़ी की सुई नौ बजा रही थी। ठीक से सोने के चलते मैं खुद को तरोताजा महसूस कर रहा था। चंदू ने मेरे लिए चाय का इंतजाम किया। मेरे साथ चंदू ने भी चाय पी और इसके बाद मैं दैनिक क्रिया करने में जुट गया। मैंने रोजाना की तरह पूजा-पाठ किया। मेरे बेड के एक तरफ चंदू का और दूसरी ओर केसर नामक कैदी का बेड लगा था। पूजा-पाठ से खाली होकर मैं अपने बेड पर आकर बैठ गया और चंदू अस्पताल के काम में लग गया। औपचारिक हाय-हेलो के बाद मेरी और केसर के बीच बातचीत का दौर शुरू हुआ। केसर शंकर डिबाई थाना क्षेत्र का एक बहुत बड़ा शराब तस्कर था। वो हरियाणा से अवैध तरीके से शराब भरी पूरी ट्रक यूपी में लाता था और उत्तर प्रदेश का लेबल (मार्का) लगाकर महंगी कीमत पर उसे बेचता था। हरियाणा में टैक्स कम होने की वजह से शराब काफी सस्ती थी। इसलिए उसे एक ट्रक पर लाखों रूपए की कमाई हो जाती थी। केसर

का तन-मन-धन सभी कुछ शराब के नाम था। मुझे ये जानकर बेहद हैरानी हुई कि केसर शराब तस्कर होने के बावजूद शराब का सेवन नहीं करता था। केसर ने जब मुझे ये बात बताई तो पहली बार में लगा कि केसर अपनी इमेज बनाने के लिए ऐसा बोल रहा है। लेकिन बाबू लोधी ने भी बताया कि केसर शराब नहीं पीता, तब जाकर मुझे कहीं उसकी बातों पर भरोसा हुआ। केसर को शराब के अवैध कारोबार से होने वाली कमाई की लत पकड़ चुकी थी। उसने अब तक केवल शराब की तस्करी का ही कारोबार किया था। केसर को जेल-लोक की यात्रा से कोई शिकायत नहीं थी। लेकिन उसके ऊपर की गई पुलिसिया कार्रवाई से उसे शिकायत जरूर थी। केसर ने बताया कि शराब तस्करी के अलावा पुलिस ने उसके ऊपर 6 अन्य फर्जी केस और दर्ज कर दिये हैं। मसलन शराब की भट्टी चलाना, नकली और जहरीली शराब बनाना आदि। केसर के अलावा तमाम ऐसे लोग उस अस्पताल में थे जिनसे मेरी मुलाकात और बातचीत होती थी। सीमित जगह-सीमित लोगों के रहने पर ऐसा होना स्वाभाविक भी था। मैंने पाया कि अस्पताल में ज्यादातर रसूख वाले कैदी ही थे। जो पैसे देकर अस्पताल में भर्ती हो गए थे और आराम से रह रहे थे। जबकि गरीब बंदी बीमार होने के बावजूद बैरक में या तो अस्पताल में ही नीचे जमीन पर सोते थे।

अस्पताल प्रशासन गरीब मरीजों से पूरा दिन सफाई, खाना बनवाना, शरीर की मालिश करवाना और अन्य ऐसे काम करवाता था जो जेल मैनुअल के खिलाफ थे। जेल में बंद गरीब कैदी रसूखदार बंदियों के लिए महज एक नौकर के सिवा कुछ नहीं होते थे। जो लोग काम ना करने के एवज में जेल प्रशासन को पैसे देते थे उनका काम भी इन्हीं बंदियों से करवाया जाता था। गरीब बंदी अमीरों की सेवा के साथ-साथ भ्रष्ट जेल अधिकारियों के लिए कमाई का जरिया थे। जी तोड़ मेहनत के साथ आर्थिक रूप से सम्पन्न बंदियों की सेवा करना इन गरीब बंदियों का मानो नसीब बन गया था। कुछ बंदी अपने मन से भी इन पैसे वाले बंदियों की सेवा कर देते थे ताकि उनको कुछ पैसे मिल जायें। कुछ बंदी इस वजह से भी रसूखदार बंदियों की सेवा करते ताकि उनके जरिए उन्हें जेल-लोक से बाहर निकलने में मदद मिल सके। कुल मिलाकर ऐसे बंदियों की स्थिति बहुत ही दयनीय थी जिन्हें देखकर कई बार मेरा मन भावुक हो जाता था लेकिन मैं कर भी क्या सकता था। मैं खुद सिस्टम का शिकार जेल में बंद एक कैदी से अधिक

कुछ भी नहीं था। बस फर्क इतना था कि मैं अपने खर्च खुद उठाने में सक्षम था।

अस्पताल में मेरी मुलाकात चौधरी नामक एक अन्य शख्स से हुई। चौधरी मेरे कस्बे स्याना का ही रहने वाला था। वो मेरे विपक्षी पार्टी से संबंध रखता था। वो भी गौकशी के एक मामले में दो दिन पहले ही जेल में आया था। चौधरी एक शातिर अपराधी था जो इससे पहले भी कई बार जेल आ चुका था। इसके आठ दूसरे साथी भी जेल-लोक के अलग-अलग बैरकों में बन्द थे।

खैर...जेल-लोक में प्रायः सभी वस्तुऐं पैसे देकर मिल जाती थीं। लेकिन अस्पताल में ये सुविधा और भी बेहतर थी। अगर जेल में कोई चीज नही मिलती थी तो वो थी- शराब, शबाब और कबाब। जेल-लोक में शराब और मांस पर पूर्णत: प्रतिबन्ध था। जेल-लोक को चलाने में मुख्य रूप से 3 डिप्टी जेलर, 1 जेलर और 1 अधीक्षक तैनात थे। जेल-लोक की बाकी व्यवस्था देखने के लिए बन्दी ही काफी थे। जेल-लोक में आने के बाद भी अखबारों के पन्नों में मेरा नाम और फोटो सबसे ऊपर रहता था। अखबार में नाम और फोटो छपने की वजह से भले ही बाहरी दुनिया और समाज में मेरी इज्जत का बैंड बजता रहा होगा। लेकिन जेल-लोक में मेरी लोकप्रियता का ग्राफ तेजी से बढ़ रहा था। लोकप्रियता के साथ-साथ मैं अब खुद के लिए खतरा भी महसूस करने लगा था।

जेल में अखबार रोजाना आता था। एक दिन जैसे ही मेरे हाथ अखबार लगा, एक हेडिंग पढ़ने को मिली। अखबार में प्रमुखता से खबर थी, कि प्रदेश सरकार ने जिले के सभी तहसीलों में गौशाला खोलने का आदेश जारी किया है। गौवंश के संरक्षण की खबर पढ़कर मुझे बेहद खुशी हुई कि अब गौवंश की सुरक्षा बेहतर तरीके से हो सकेगी। लेकिन गौकशी करने वालों के हाशिये पर अपना नाम पढ़कर मैं नर्वस हो गया।

एक दिन मेरे चाचा जी जिला कारागार अस्पताल में फ्री मेडिकल कैंप लगाने आये थे। उन्होंने कैंप शुरू होने के साथ ही मुझे अपने पास बुला लिया। वह मेरे लिए घर से कुछ जरूरी सामान जैसे कपड़े, कम्बल आदि लेकर आये थे। काफी दिनों बाद किसी घरेलू सदस्य से मिलकर मुझे बेहद प्रसन्नता हुई। चाचाजी को देखते ही मेरी आंखों में आंसू आ गए। मैंने महसूस किया कि उनकी आंखें भी डबडबा आई थीं। उनके करीब पहुँचते ही मैंने उनका चरणस्पर्श किया।

चाचाजी ने मुझे प्यार से गले से लगा लिया। वो एक ऐसा भावुक पल था जिसे शब्दों में बयां नहीं किया जा सकता। चाचा ने सबसे पहले मेरा हाल-चाल लिया। इसके बाद मैंने उनसे घर का हाल-चाल जाना। मैंने अपने दिल की सारी बातें चाचा से शेयर की। उन्होंने मुझे भरोसा दिलाया कि जल्द ही वह मुझे जमानत दिलवा कर घर ले जाएंगे। हालांकि मुझे पता था कि अभी जेल-लोक से बाहर जाना मेरे लिए इतना आसान नहीं है। लेकिन उम्मीद करना इंसान की फितरत है। मैं भी यही उम्मीद कर रहा था कि चाचाजी किसी तरह से जोड़-तोड़ कर के मुझे जमानत दिलवाने में कामयाब हो जाएंगे और जल्द ही मेरी जेल से रिहाई हो सकेगी। उस दिन चाचाजी से मुलाकात होना मेरे लिए एक टॉनिक के समान था। कैंप का कार्यक्रम खत्म हो चुका था। भरे मन से मैंने चाचाजी को और उन्होंने मुझे विदा किया। उनसे मिलने की खुशी में ही मैंने सारा दिन सकारात्मक सोच के साथ गुजार दिया। अब शाम ढल चुकी थी। भोजन का वक़्त हो चुका था। मैंने उस दिन इत्मिनान से रात का खाना खाया और तनावमुक्त होकर बेड पर लेटे-लेटे कब सो गया, पता ही नहीं चला।

सूरज की उम्मीदों भरी किरणों के साथ अगले दिन की शुरूआत हुई। रोजाना की तरह मैंने दैनिक क्रिया के बाद पूजा पाठ किया और फिर चंदू के साथ नाश्ता लिया। अब तक दोपहर के 12 बज गये थे तभी जेल के प्रशासनिक ब्लॉक से मेरे नाम का बुलावा आया। पता चला कि क्षेत्राधिकारी स्याना मेरे केस से संबंधित मुझसे मिलने आये हैं। मैं क्षेत्राधिकारी के सम्मुख उपस्थित हुआ। क्षेत्राधिकारी ने स्याना कांड को लेकर मेरा बयान दर्ज किया। इसके बाद उन्होंने दंगे में शहीद इंस्पेक्टर की पिस्टल के बारे में पूछताछ शुरू कर दी। मैंने उन्हें बताया कि उस समय मैं वहाँ मौके पर मौजूद ही नहीं था। ऐसे में उनकी पिस्टल के बारे में मैं कुछ भी नहीं जानता। मेरा जवाब सुनकर क्षेत्राधिकारी ने कहा कि इस मामले में जेल में बन्द अन्य आरोपियों से मैं पता करूं कि पिस्टल कहां है। साथ ही उन्होंने मुझसे पिस्टल के संबंध में सुराग मिलने पर सूचित करने को भी कहा। ऐसा कहकर क्षेत्राधिकारी महोदय वहाँ से चले गये। क्षेत्राधिकारी की बातें मुझे थोड़ी बचकानी-सी लगी, कि पिस्टल के बारे में मैं अन्य आरोपियों से सुराग जुटाकर उन्हें सूचित करूं। मेरा मानना था कि जब पुलिस की इतनी बड़ी टीम (विशेष जाँच दल) भी इस बाबत कुछ नहीं पता कर पाई तो मैं भला इस

मामले में पुलिस की क्या मदद कर सकता हूं। हालांकि मैंने क्षेत्राधिकारी को पिस्टल के बारे में पता करके बताने का आश्वासन जरूर दे दिया था। कमाल की बात देखिये कि क्षेत्राधिकारी महोदय इसके बाद फिर कभी मुझसे मुलाकात करने नहीं आये। क्षेत्राधिकारी के जाने के बाद मैं वापस अस्पताल बैरक में आ गया था। बैरक में आते समय जो भी बंदी रास्ते में मिला, सभी ने अपने अपने स्तर से मुझसे इस मुलाकात के संबंध में जानने का प्रयास किया। मैंने बस हां-ना में सभी को संतुष्ट करने का प्रयास किया। अस्पताल में केसर ने मेरा भोजन लाकर अपने पास रख लिया था। मैं भोजन करने के बाद सो गया।

अगली सुबह मुझसे मुलाकात की पर्ची लगी हुई थी। मुझसे मुलाकात करने के लिए मेरे दोनों भाई के साथ मेरे एक मित्र आये हुए थे। मैं जब इन लोगों से मुलाकात करने के लिए बाहर आया तो एक सिपाही ने मेरे हाथ पर हस्ताक्षर किया। हस्ताक्षर जेल-लोक की मुलाकात का पहचान चिन्ह होता है। मुलाकात करने आये लोगों से मैंने मुलाकात की, तो सबसे पहले सभी ने एक ही सवाल किया, कि पुलिस ने मेरे साथ कोई बुरा बर्ताव तो नहीं किया। मेरे संतोषजनक उतर से उनके चेहरे पर थोड़ा सुकून दिखा। तय समय तक मेरे और मेरे शुभचिंतकों के बीच बातचीत होती रही। जाते समय उन लोगों ने मुझे एक पैकेट दिया जिसमें खाने, पीने की चीजों के साथ में एक कंबल भी था। मेरे मित्र ने मुझे अपनी ओर से 5000 रूपये भी दिये, ताकि जरूरत के वक्त मैं इन पैसों का इस्तेमाल कर सकूं। अब तक पहली पारी की मुलाकात का वक्त बीत चुका था। मैं अपने मिलने वालों से मुलाकात खत्म करके वापस बैरक में आ चुका था।

बैरक में तैनात राईटर ने मुझसे पूछा – "कौन सी मुलाकात है।"

500 रूपये बचाने के लिए मैंने बोल दिया – "तीसरी मुलाकात है बाबूजी।"

इसके बावजूद राईटर ने मुझसे सत्तर रूपये ऐंठ ही लिए। इन सब बातों के बीच दिन बीत चुका था। रोजाना की तरह रात्रि का भोजन करने के बाद मैं अपने बेड पर सो गया।

अगली सुबह जेल में मुझसे मिलने के लिए मेरी माता जी और बड़ी अम्मा आयी थी। मुलाकात के दौरान मैंने माताजी और अम्मा जी से कह दिया कि जेल में उनका आना उचित नही हैं इसलिए वे मुझसे मिलने ना आया करें। मां

डॉ. शिखर

को कोई तकलीफ ना हो इस बात का ध्यान रखकर मैंने दोनों के सामने खुद को सामान्य दिखाने की कोशिश की, ताकि उन्हें मुझे लेकर कोई खास चिंता ना हो। लेकिन माँ तो आखिर मां ही होती है, उसने मेरे नाटक को बखूबी पहचान लिया। फिर भी उसने बड़ी अम्मा के सामने अपनी भावनाओं पर काबू रखा ताकि मुझे उन्हें देखकर कोई तकलीफ ना हो। इसके बावजूद वह अपने ममत्व को छलकने से नहीं रोक सकीं। जैसे ही वह मुलाकात होने के बाद मेरे सिर पर हाथ रखकर पलटी। वह तेजी से निकलने लगीं। दरअसल, वह अपनी आंखों में कैद आंसुओं को नहीं रोक पा रही थीं। यही वजह है कि मुझसे विदा लेने के बाद उन्होंने दोबारा मेरी ओर पलट कर नहीं देखा। लेकिन उनके आंसू छिपाने की लाख कवायद के बाद भी मैंने उनकी आंखों से जमीन पर गिरी बूंदों से जान लिया कि उनके मन में मुझे लेकर कितनी पीड़ा है। हालांकि, उनके जाने तक मैंने अपनी भावनाओं पर नियंत्रण बनाए रखा। लेकिन जैसे ही मैं अस्पताल बैरक पहुँचा, मेरी डबडबाई आंखों से धार फूट पड़ी।

मैं कुछ देर के लिए फ्लेशबैक में चला गया। मां की एक-एक बातें और उनकी ममतामयी डांट मुझे याद आने लगी। माता-पिता की डांट और भाई-बहन के बीच होने वाले बचपन के झगड़ों की जिंदगी में क्या अहमियत होती है, इसका अहसास आज मुझे पहली बार हुआ था। खुद ही रोना और खुद को ही चुप कराने की विवशता तत्कालीन परिस्थितियों का आंकलन करने पर मजबूर कर देती हैं। यही वजह थी कि कानून के प्रति मेरी आस्था धीरे-धीरे खत्म होती जा रही थी। लेकिन ये जेल-लोक था यहां के अपने अलग कानून और कायदे थे। किसी भी इंसान के लिए जेल- लोक वो जगह है, जहां का दरवाजा उसके लिए बाहर से खुलता है अन्दर से नहीं। इस दरवाजे के ताले की चाबी अदालत के पास होती है। उस चाबी का नाम होता है रिहाई।

मुझे इस बात का आभास था कि न्यायिक प्रक्रिया एक लंबी प्रक्रिया है लिहाजा उसके लिए मेरी रिहाई में काफी वक्त लग सकता है। इस वजह से मैं अपनी जल्द रिहाई को लेकर बिल्कुल भी परेशान नहीं था। वक्त काफी लम्बा काटना है, ये मैं मान चुका था। खुद को परेशान या दुखी होकर बुरे वक्त को कम नहीं किया जा सकता था। इस बात को मैं अच्छी तरह समझता था। इसलिए मैंने खुद को मानसिक तौर पर हर हालात से लड़ने के लिए मजबूत करना शुरू कर

दिया था। जेल में कुछ चुनिंदा लोगो के अलावा मैं ज्यादा लोगों से बातचीत नहीं करता था। मेरे व्यवहार में व्यापक बदलाव आ चुका था। मैंने अपने जज्बातों, अहसासों और अनुभवों को शब्द देना शुरू कर दिया। मेरे पास लेखनी के लिए पर्याप्त मात्रा में सामग्री मिल चुकी थी, जिसे बस किताब की शक्ल देनी थी। ऐसे में मैंने जेल में ही किताब लिखनी शुरू कर दी। मेरा पूरा ध्यान अब किताब लिखने और भविष्य की योजना बनाने पर केंद्रित हो गया।

मैं अपने केस को लेकर जितनी मेहनत जेल से बाहर रहते हुए कर सकता था, उसका एक फीसदी भी जेल में रहकर संभव नहीं था। इसलिए मैंने अपने समय के सदुपयोग को लेकर किताब लिखने का जो फैसला किया था वो मेरे हिसाब से सकारात्मक होने के साथ-साथ सृजनात्मक फैसला था। रही बात मेरी जमानत को लेकर तो मुझे अपने चाचा जी एवं बाबा जी पर पूरा भरोसा था कि वे हर संभव कोशिश कर मुझे जल्द से जल्द जेल-लोक से मुक्ति दिलाएंगे।

मैं मेडिकल का छात्र था। चिकित्सा क्षेत्र में मेरी गहरी रूचि भी थी। लिहाजा मैंने जेल में कैदियों की चिकित्सीय सहायता और अपनी थोड़ी बहुत जानकारी के मुताबिक इनकी कानूनी मदद संबंधी काउंसलिंग करनी शुरू कर दी। इस तरह मैं अपने व्यवहार से बंदियों के दिल में अपने प्रति सम्मान और प्रेम की जगह बनाने में कामयाब रहा। इसके चलते लोगों को मेरे प्रति लगाव हो गया लेकिन कुछ बंदियों को मेरी लोकप्रियता से जलन भी होने लगी। हालांकि ऐसे बंदियों की संख्या बेहद कम थी। जो बंदी गौकशी के आरोप में इस जेल में बंद थे वो भी मुझसे लगाव होने का दिखावा करते थे। इन आरोपियों को उम्मीद थी कि उनके ऐसा करने से मैं इनके विरूद्ध गवाही नहीं दूंगा और केस की हवा निकल जाएगी।

फिलहाल, कोर्ट ने मुझे 14 दिन की न्यायिक हिरासत दी थी। जिसमें से मैं 13 दिन काट चुका था। 14वें दिन मुझे उम्मीद थी कि शायद मुझे अदालत परिसर ले जाया जायेगा। लेकिन ऐसा नहीं हुआ। जेल-लोक में ही वीडियो कॉन्फ्रेंसिंग के जरिये मेरी पेशी हुई। मैं लकड़ी के बने एक कटघरे में खड़ा किया गया। जज साहब की जगह जज साहब के पेशकार ने अगली तारीख 7 फरवरी की लगा दी। वीडियो कॉन्फ्रेंसिंग के बाद मैं वापस बैरक में आने लगा तो मेरी

डॉ. शिखर

मुलाकात विक्रांत नट से हुई। विक्रांत नट मेरे ही मुकदमे में एक फाइली था। पुलिस ने हत्या का आरोपी विक्रांत नट को ही बनाया था। मुझे देखते ही विक्रांत नट दौड़कर मेरे पास आया और मेरे पैर छूकर आशीर्वाद लिया। मैंने विक्रांत नट से निरीक्षक की हत्या के बारे में सच्चाई जाननी चाही, तो विक्रांत नट ने बताया कि उसने निरीक्षक को नहीं मारा। विक्रांत नट ने कहा कि निरीक्षक ने एक निर्दोष व्यक्ति पर गोली चला दी थी, जिससे उस आदमी की मौत हो गई। इसके बाद भीड़ बेकाबू हो गई थी। निरीक्षक दूसरी गोली भी चलाने वाले थे तभी अचानक हवा में एक ईंट निरीक्षक की ओर उछली, ईंट निरीक्षक के उस हाथ में जा लगी जिस हाथ में पिस्टल थी। ईंट लगने से पिस्टल का मुँह घूम कर निरीक्षक की ओर हो गया और पिस्टल से निकली गोली निरीक्षक की मौत का कारण बनी। विक्रांत उस वक्त निरीक्षक के बिल्कुल पास ही खड़ा हुआ था। विक्रांत ने यह भी बताया कि जिस पुलिस अधिकारी ने उसे गिरफ्तार किया है वो खुद ही उनके पास गया था। विक्रांत ने बताया कि उपनिरीक्षक ने उसे पुलिसिया उत्पीड़न से बचाने के नाम पर तीस हजार रूपए लिए थे। परन्तु उसके बाद भी विक्रांत को पुलिस ने कथित तौर पर सात दिनों तक बुरी तरह प्रताड़ित किया। उसे सूरतपुर थाने में रखकर उसके साथ अमानवीय व्यवहार किया गया। थाने में तैनात पुलिसकर्मी उसे रोजाना बेहोश होने तक मारते थे और बिजली के झटके देते थे। विक्रांत पुलिस प्रताड़ना से बचने के लिए सब कुछ स्वीकार करने को तैयार था। फिर भी पुलिस का अत्याचार रोजाना बढ़ता गया। विक्रांत के मुताबिक कथित तौर पर उसे बिजली के हीटर पर पेशाब करवाया जाता था और उसे जानवरों की तरह पीटा जाता था। विक्रांत ने मुझे पुलिसिया उत्पीड़न की बानगी के तौर पर अपने शरीर पर पड़े चोट के निशान भी दिखाए। विक्रांत की आपबीती सुनकर मुझे बहुत कष्ट हुआ। विक्रांत से बातचीत के बाद मैं अपनी बैरक में वापस आ गया। विक्रांत की प्रताड़ना की बातें सुनकर मैं इस कदर विचलित हुआ कि मेरा मन व्यथित हो उठा। उस दिन मुझे दोपहर का खाना खाने का भी मन नहीं हुआ। मैं चुपचाप शांतभाव से अपने बेड पर बैठा रहा। मेरी भावनाओं को शायद केसर समझ रहा था। उसने मुझे बार-बार भोजन करने का अनुरोध किया। लेकिन मुझसे चाहकर भी खाना नहीं खाया गया। पुलिसिया उत्पीड़न की ऐसी बर्बर कहानी के बारे में सोचते-सोचते मैं औंधे मुँह

बेड पर सो गया।

अगली सुबह स्याना के निवर्तमान विधायक जी अपने दल-बल के साथ जेल आए। विधायक जी का ज्यादा फोकस मेरे ऊपर ही था। क्योंकि वो मुझे और मेरे परिवार से भली-भांति परिचित थे। विधायक जी ने वहाँ भी नेताओं वाला लिबास नहीं छोड़ा। उन्होंने सभी आरोपियों को चिन्ता नहीं करने का आश्वासन दिया और कहा कि वो जल्द ही सब कुछ ठीक कर देंगे। विधायक जी की बातें मैं भी सुन रहा था। परन्तु मेरा 'अब सब ठीक कर दूंगा' शब्द से भरोसा उठ चुका था। मुझे विधायक जी की बातें महज औपचारिकता लगीं। क्योंकि अब मामला कोर्ट में था। जिसमें कोई भी जनप्रतिनिधि कुछ भी नहीं कर सकता था। आरोपियों के पास बचने का एकमात्र रास्ता कानूनी दांव-पेंच से होकर निकलना था।

जेल में बन्द कैदियों से बात-चीत करने के बाद मुझे पता चला कि किन्हीं वजहों से जेल में बंद अधिकतर निर्दोष लोग पुलिसिया कार्रवाई की वजह से ना चाहते हुए भी अपराधी बन जाते हैं। पुलिसिया उत्पीड़न इंसान को ना चाहते हुए भी अपराधी बनने पर मजबूर कर देता है। विक्रांत नट के साथ हुई बर्बरता की कहानी मैंने विधायक जी से बताई, तो उनका यही इशारा था कि मैं केवल अपने मामले से मतलब रखूं ...कहां क्या हुआ या हो रहा है... उस पर ध्यान नहीं दूं। थोड़ी देर बाद विधायक जी अपने लाव लश्कर के साथ वापस चले गये।

मुलाकात के बाद अब बारी गिनती कटवाने की थी। गिनती का तात्पर्य बंदी को किसी अन्य बैरक में स्थायी तौर पर रखने से होता है। अगर बंदी को काम नहीं करना है जैसे साफ-सफाई, खाना बनाना, खेती बाड़ी जैसे काम नहीं करने हैं तो उसके लिए मुलाजमा शुल्क देना पड़ता है जो कि 1500 रूपये होता है। पन्द्रह सौ देने पर बंदी को किसी भी बैरक में भेज दिया जाता है। जबकि 2000 रूपये देने पर बंदी को उसकी मन पसन्द बैरक में भेजा जाता है। ये शुल्क विचाराधीन कैदियों के लिए होता है। दोष सिद्ध कैदियों के लिए 4100 रूपये और 5100 रूपये का शुल्क प्रस्तावित होता है। ये सभी रेट मैं अपने बंदी होने के दौरान के बता रहा हूं। ये भी एक तरह का बड़ा कथित भ्रष्टाचार का खेल

जेल के अंदर खेला जाता है। मैंने बड़ी बारीकी से इन अनियमितताओं और भ्रष्टाचार का अध्ययन किया। जो कैदी यह शुल्क नहीं दे पाते थे उनके साथ बहुत ही अमानवीय व्यवहार किया जाता था। उन्हें पाखानाघर की सफाई का काम मिलता था। जिन पर रहम आ जाता था, उन्हें खेती का काम सौंपा जाता था। ऐसे लोगों की एक अलग बैरक थी। जिसे कमान कहा जाता है। कमान का पूरा नाम बगीचा कमान था। यहां ऐसे बंदियों की संख्या करीब 200 के आस-पास थी।

पुरूषों की बैरक से काफी दूर यहां पर महिला बैरक, बच्चा बैरक और बुजुर्ग बैरक भी था। यहां कैदी ही कैदियों का शोषण किया करते थे। हालांकि मेरे साथ कभी भी किसी ने भी ऐसा कोई गलत बर्ताव नहीं किया। क्योंकि मैं एक बड़े मुकदमे में जेल-लोक आया था। मैं वैसे भी जेल में खतरनाक अपराधियों और कैदियों से कोई ज्यादा बात नहीं करता था। जेल में बहुत से ऐसे कैदी भी थे जिनको शिकायत थी, कि उन्हें दहेज एक्ट में झूठा फंसाया गया है। इन सबके बीच एक लड़का मंगल था। मंगल की पत्नी ने गुस्से में आकर आग लगाकर आत्महत्या कर ली थी। पत्नि को बचाने में मंगल भी 50 फीसदी झुलस गया था। इसके बावजूद पुलिस ने मंगल जाटव को जेल-लोक भेज दिया था। ऐसे तमाम लोग अक्सर मुझसे जेल में अपनी बेगुनाही का रोना रोते रहते थे।

जेल-लोक के सभी बड़े एवं शातिर अपराधी (कैदी) मुझसे रोजाना मुलाकात करने आते थे। जिसकी वजह थी कि उनको लगता था कि मैं सत्ता पक्ष का बड़ा आदमी हूं। जेल से बाहर जाने पर उनकी कोई न कोई मदद जरूर कर सकता हूं। सत्ता पक्ष के लोगों में भी मुझसे मुलाकत करने को लेकर एक विशेष होड़ लगी रहती थी। इसी क्रम में एक दिन बुलन्दशहर लोकसभा क्षेत्र के सांसद पूरे दल-बल के साथ मुझसे मिलने आये। मुझसे बड़े-बड़े वादे उनके द्वारा किये गये। खैर आने जाने वाले लोगों का सिलसिला निरंतर जारी था लेकिन आना-जाना सिर्फ मुलाकातों तक ही सीमित था। मामले का कोई हल इन सबकी मुलाकात से जरा-सा भी निकलने वाला नहीं था।

दिन बीतते जा रहे थे। मैं जेल-लोक की जिंदगी में ढलने लगा था। घबराहट और बेचैनी की दशा में सभी बंदी एक दूसरे को दिलासा देने का काम करते थे। जेल-लोक में नशा करने वालों की भी कोई कमी नहीं थी। जेल के

कैदी किसी न किसी तरह से नशे का कुछ न कुछ सामान अपने मुलाकातियों से मंगवा ही लेते थे। बाहर से नशे का सामान मंगवाने पर अगर जेल प्रशासन को पता चल जाता था, तो ऐसे लोगों के साथ मारपीट का दौर भी होता था। मारने पीटने का उद्देश्य कैदी या बंदी को सुधारना नहीं रहता था। बल्कि, जेल प्रशासन की कोशिश रहती थी कि बाहर से नशे का सामान लाने की बजाय बंदी जेल में उपलब्ध नशे की सामग्री को महंगी कीमत पर खरीदे ताकि जेल प्रशासन की अवैध कमाई में कोई बट्टा ना लग सके।

जेल में गेंहू, चावल और राशन तो सरकारी कोटे से आ जाता था जबकि सब्जियां जेल-लोक में ही उगाई जाती थी। जेल-लोक में सब्जियों की अच्छी खेती की जाती थी। जिससे कैदियों को खाने की चीजों में कुछ खास कमी नहीं हो पाती थी। हालांकि जो भी सब्जी पैदा होती उसमे से अच्छी सब्जियों को छांटकर अलग कर लिया जाता और उसे बाजार में भेजकर बिकवा दिया जाता था। जबकि बेकार और सड़ी गली सब्जियां कैदियों के खाने के लिए छोड़ दी जाती थी। जेल-लोक में चाय के नाम पर कैदियों को उबले हुए पानी में चीनी और चाय पत्ती के मिश्रण से बनी दोयम दर्जे की चाय मुहैया कराई जाती थी। कुछ ऐसी ही दशा दाल की भी थी। दाल के नाम पर बंदियों को दाल का पानी परोसा जाता था। स्थिति बहुत दयनीय थी। गरीब बंदी अन्य लोगों के कपड़े धोकर, जूते और बर्तन धोकर अपना समय काट रहे थे। इस काम के बदले उन्हें जो कुछ भी पैसे मिल जाते वो उसी पैसे से अपना काम चलाते थे। लेकिन इतने पैसे उनको जरूर मिल जाते थे जिससे वो बीड़ी, गुटका आदि खरीद सकें। जेल में रहते हुए इससे अधिक कमाई का कोई और जरिया भी नहीं था। जेल-लोक में हर सामान के अपने अलग-अलग नाम थे। जैसे फल, सब्जी को काटने वाली वस्तु को कक्टन बोला जाता था, लोहे के दरवाजे को अडगडा बोला जाता था।

कुछ बंदी जेल की जिंदगी को नसीब की नियति मानकर अपना दिन काट रहे थे। जबकि कुछ ऐसे भी थे जो जेल में रहते हुए भी अपने उज्जवल भविष्य का ताना बाना बुन रहे थे। एक बंदी ऐसा भी था जो दहेज एक्ट में अपने मां-बाप के साथ जेल में बन्द था। लेकिन उसने जेल के बंदियों के कपड़े, बर्तन धोने के अलावा अन्य दूसरे काम करके इतना पैसा इकट्ठा कर लिया था, कि उसने इन पैसों से अपने माता-पिता की जमानत करवा ली। लेकिन जेल तो जेल ही होती

है। माता-पिता की जमानत करवाने के बाद उसे थोड़ा सुकून जरूर मिला था। लेकिन इन दीवारों के उसके खुद के बाहर जाने की बेचैनी उसके चेहरे पर साफ देखी जा सकती थी।

इन दीवारों के पीछे इंसान ही नहीं बल्कि सुकून देने वाले पेड़ भी खुद के साथ हुए अन्याय की कहानी बयां कर रहे थे। जेल-लोक में जितने भी पेड़ थे, उनकी डालियां काट दी गई थी। ताकि कोई बंदी पेड़ के ऊपर न चढ़ जाये। कुछ लोगों ने मुझे बताया कि कई बंदियों ने इन पेड़ों की डालियों से फांसी लगाकर आत्महत्या कर ली थी। इसलिए पेड़ों की टहनियों को काट देने की हिमाकत करना जेल प्रशासन की मजबूरी थी। वैसे तो ये जेल साल 2000 में बंदियों के रहने के लिए खोली गई थी। लेकिन 2019 में भी ये जेल बिल्कुल नई जैसी लगती थी। जेल को देखकर ऐसा लगता था, जैसे सरकारी ठेकेदार ने बड़ी ही ईमानदारी से बगैर मिलावट के गारा-सीमेंट लगाकर जेल का निर्माण किया है। वैसे जेल की देखरेख बंदियों द्वारा की जाती है। इसलिए जेल परिसर का रखरखाव काफी अच्छा रहता है। जेल-लोक की नालियों में हमेशा साफ पानी ही बहता रहता था। लोहे के इस्तेमाल का सही नमूना इसी जेल में मुझे दिखाई पड़ा। अब तक मैं रेल मंत्रालय के लोहे को ही सबसे मजबूत मानता था। मुझे लगता था कि रेल विभाग जैसा लोहा किसी के पास नहीं है। लेकिन मेरा भ्रम जेल-लोक आकर दूर हो चुका था। जेल में प्रयोग किये गये लोहे को देखकर मुझे लगा कि इन लोहों के सामने तो रेलवे विभाग के लोहे पानी मांगते नजर आयेंगे। लोहा और पत्थर से बनी ये जेल अपने आप में एक विशाल ढाँचा था।

मुझे जेल में एक अजीब विडंबना देखने को मिली, जब एक कैदी की अस्पताल बैरक में बीमारी के चलते मौत हो गई। कैदी जेल में रहकर इतने निष्ठुर हो जाते हैं या उनकी भावनाएं जेल की चारदिवारी के पीछे इस कदर दम तोड़ चुकी रहती है, कि कैदी की मौत पर ये कैदी मातम मनाने की बजाय ऐसा जाहिर करते हैं कि चलो...बेचारे एक कैदी को जेल-लोक से मुक्ति तो मिली। जिस जेल में मैं बंद था उसके अस्पताल बैरक में रोगियों की हालत बद से बदतर थी। बंदियों की तबीयत ज्यादा खराब होने पर उन्हें जिला चिकित्सालय भेज दिया जाता था। लेकिन दवाइयों का हाल वहाँ भी बुरा ही होता है। बंदियों को दी जाने वाली दवाइयां दोयम दर्जे की होती हैं, जिन्हें देखने से ही पता चल जाता है, कि

इसके खाने से कोई फायदा नहीं होने वाला है।

जेल-लोक में एक बीमारी बहुत ही आम बीमारी में शुमार थी। जो ज्यादातर बंदियों को जेल में 3-4 महिने रहने पर अपने आगोश में जकड़ लेती थी। इस बीमारी का नाम था खुजली। लेकिन जेल प्रशासन ने इस बीमारी से निपटने के लिए एक नायाब तरीका खोज निकाला था। जेल प्रशासन से कारागार के अस्पताल में 5 लीटर की एक लोशन नुमा दवाई मंगा रखी थी। ये लोशन उन पर इस्तेमाल किया जाता था, जिस किसी बंदी को खुजली हो जाती थी। कैदी इस विशेष लोशन को अपने नंगे बदन पर अच्छी तरह से लगा लेता था। आम तौर पर इससे खुजली चली जाती थी। अगर नहीं भी गई, तो पांच लीटर का लोशन का खाली प्लास्टिक का डिब्बा शौच हेतु शौचालयों की शान बढ़ाता था।

जेल-लोक का सिस्टम निराला था। यहां दूध की रखवाली का काम बिल्ली को सौंपा गया था। मतलब एक पोस्ट चौकीदार की बनाई गयी थी। चौकीदार का काम ये था कि वह इस बात का ध्यान रखे कि कोई बंदी जेल से भागने ना पाये। दिलचस्प बात ये थी, कि वो चौकीदार कोई और नहीं बल्कि जेल का बंदी ही होता था। जेल में एक पोस्ट नम्बरदार (पीली वर्दी) की थी। नंबरदार वे सजायाप्ता कैदी होते थे जिनकी जमानत अदालत से खारिज हो चुकी होती थी। ये नंबरदार साधारण बंदियों पर बहुत ही जुल्म ढाया करते थे। साधारण बंदियों से रोजाना पैसे की वसूली और मारपीट करना इनके लिए आम बात थी। जेल में अगर किसी बात को लेकर ज्यादा सतर्कता बरती जाती थी तो वो ये थी, कि किसी बंदी की कारागार परिसर में मौत ना होने पाये। क्योंकि बंदी की मौत अखबारों की सुर्खियां तो बनती ही थीं, साथ ही जेल प्रशासन को इसका जबाब अपने उच्चाधिकारियों को देना पड़ता था।

इसी बीच जेल में मेरी मुलाकात मुन्ना नाम के बन्दी से हुई। मुन्ना 302 का विचाराधीन बंदी था। उसके ऊपर अपने से 20 किलो से ज्यादा वजन के आदमी की गला रेत कर हत्या करने का आरोप था। कमाल की बात यह थी कि मरने वाले के शरीर पर चोट का कोई निशान नहीं था। केवल गला ही कटा था। अगर मुन्ना की बातों पर यकीन किया जाये तो ऐसा लगता था जैसे उस आदमी ने मुन्ना से खुद बोला हो कि केवल मेरा गला काट कर मेरी हत्या कर देना। मुन्ना

खुद को इस हत्या में बेकसूर बताता था। लेकिन अदालत में वह ये साबित कर पाने में नाकाम रहा, कि वो निर्दोष है। तमाम बंदियों की दलीलों को सुनकर ऐसा लगता था, जैसे अधिकांश मामलों में पुलिस जब दोषी को नहीं पकड़ पाती है, तो निर्दोष लोगों को फंसा देती है।

जेल में ऐसे कई मामले थे जिसमें साफ जान पड़ता था कि संबंधित अपराध में दाल में कुछ काला है। लेकिन जेल में बंद कैदी अपने को निर्दोष साबित करते-करते कानून के ऐसे मकड़जाल में फंस चुके होते थे, कि उनकी पूरी जिंदगी जेल में कट जाती थी। हालांकि जेल में एक से बढ़कर एक शातिर और खूंखार अपराधी भी बंद थे। जेल में बंद केवल 70 बन्दियों को अपने 5 साल तक के बच्चों को अपने साथ जेल में रखने की अनुमति थी। शनिवार को बाहर से आने वाली मुलाकातें बन्द रहा करती थीं। परन्तु जेल के अन्दर ही पति-पत्नि, मां-बेटा आदि की मुलाकात सम्भव थी। इस मुलाकात की भी अपनी एक शर्त थी कि मुलाकात की पहल महिला बन्दी द्वारा की गई हो।

भारतीय संविधान, मानवाधिकार आयोग और जेल मैन्युअल चाहे जिस अधिकार को देने की बात करता हो। लेकिन जो भी बन्दी अपने अधिकार और न्याय की बात करता था, जेल-लोक का प्रशासन उसे जेल के लिए खतरनाक बताकर उस पर प्रशासनिक चालान लगा देता था। जिसने जितने अधिकार की मांग की, उसे उतनी ही दूर की जेल में भिजवा दिया जाता था। जेल-लोक में बिजली सप्लाई बाधित होने पर जनरेटर की सुविधा भी थी। परन्तु उसका उपयोग काफी कम या नहीं के बराबर ही किया जाता था। जेल-लोक में सर्दियों में तो इतनी समस्या नहीं होती थी। परन्तु गर्मी का मौसम बंदियों के लिए किसी कहर से कम नहीं होता था। मैं खुद को सौभाग्यशाली मानता था कि मैं सर्दी के मौसम में जेल-लोक लाया गया था। वैसे तो जेल-लोक में कैदियों के पास कोई खास काम नहीं हुआ करता था, लेकिन शातिर कैदी अपने समय का सदुपयोग जेल में बंद जुर्म की दुनिया से जुड़े दूसरे अपराधियों से सम्बंध स्थापित करने में करते थे।

सभी बंदी बड़े-बड़े नामी अपराधियों के साथ अच्छी लुभावनी बातें किया करते थे। ताकि कभी बाहर निकलने पर वे अपराध कि दुनिया के बड़े नामों के

साथ वास्ता जोड़ सके। मुझे इन सब काम में ना तो कभी रूचि ही थी, ना ही मैं ऐसे कैदियों को अपने पास फटकने देता था। मैं जेल में अपना खाली कीमती वक़्त लेखनी में लगा रहा था।

राजनेताओं का जेल से विशेष लगाव होता है। यह बात मुझे जेल-लोक में आने के बाद पता चली। जेल में हर दिन कोई ना कोई नेता अपनी-अपनी पार्टी के लोगों से मुलाकात करने जरूर आता था। बड़े-बड़े अधिकारी भले ही जेल प्रशासन को जरूरी दिशा-निर्देश दिया करते थे, लेकिन वो सभी बेकार ही साबित होते थे।

जेल में राजनैतिक लोगों के अलावा सामाजिक संगठनों के तमाम लोग आया करते थे। इनकी बातें सुनकर ऐसा लगता था, जैसे ये लोग जेल का पूरा सिस्टम बदलकर जेल की दशा सुधार देंगे। लेकिन परिणाम बिल्कुल उसके विपरीत होता था। जेल में तमाम सामाजिक संगठन से जुड़े लोग कम्बल आदि गरीब कैदियों को वितरित किया करते थे। लेकिन घाघ और बदमाश कैदी इन कंबलों को उनसे छीन लिया करते थे। मैं बचपन में फिल्मों और टीवी में देखा करता था कि जेल के बन्दियों के लिए पोशाक सफेद लाईन वाली होती थी। परन्तु यहां ऐसा कुछ भी नहीं था। यहां बड़े कैदी कुर्ता-पाजामा पहनते थे और गरीब कैदी पैंट-कमीज में रहते थे। छत पर लगे पंखों को एक बार चलाकर देखा तो पता चला कि ये पंखे बेचारे अपनी उम्र के 50 साल पूरे कर चुके हैं। किसी तरह इनकी पंखुड़ियां हंसते-रोते हिल जाया करती हैं। इनकी रफ्तार इतनी कम होती है कि हर पंखुड़ी को आदमी चलते वक़्त आराम से गिनती कर सकता है। इनका चलना सिर्फ इस बात का प्रमाण था कि ये अभी जिंदा हैं। मृत शैय्या पर पड़े हुए इंसान की तरह ये भी अपनी अंतिम सांसे गिनते प्रतीत होते थे।

दिन 26 जनवरी...पूरा देश गणतंत्र दिवस मना रहा था। मैंने फिल्मों के जरिए देख रखा था कि जेल में इस दिन कैदियों को अपनी प्रतिभा के साथ कला कौशल दिखाने का खूब मौका मिलता है। फिलहाल तो मैं अब खुद एक बंदी था। मुझे भी 26 जनवरी का बेसब्री से इंतजार था। लेकिन जेल-लोक की वास्तविक 26 जनवरी का जश्न मेरी कल्पनाओं से परे था। हमारे लोकतंत्र में सभी को न्याय मिलने, समता मूलक समाज की अवधारणा जैसे शब्द बेमानी

नजर आने लगे। हमारे देश में किसी आरोपी के अपराध सिद्ध होने पर उसे जेल और सजा का प्रावधान तो है। लेकिन जिन हालातों में उन्हें कारागार में रखा जाता है वो मानवीय मूल्यों के साथ कानूनी तौर पर भी असंगत है। पूरा देश जब गणतंत्र दिवस मना रहा था हम बंदी लोग इस दिन अपने परिवारजनों से नहीं मिल सकते। ये जेल के मैन्युअल में है। इस दिन बाहर की मुलाकात बन्द रहती है। गणतंत्र दिवस की खानापूर्ति के नाम पर जेल प्रशासन सभी बंदियों को एक जगह पर इकट्ठा कर लेता है और माल कहने के नाम पर एक सांस्कृतिक कार्यक्रम का आयोजन होता है। इस दिन सभी बंदी एक साथ रहते हैं। महिला, बच्चे और पुरूष बन्दी सभी एक जगह पर बैठकर आराम से कार्यक्रम देखते हैं। कार्यक्रम बिल्कुल वैसे ही होता है जैसे लोग किसी नेता की रैली में शामिल होने जाते हैं। बारी-बारी से सभी अधिकारी अपना-अपना सम्बोधन बंदियों को देते हैं। मुझे महसूस हुआ कि बंदियों को इन अधिकारियों की बातों से थोड़ा भी सरोकार नहीं दिख रहा था। बंदियों को इस कार्यक्रम से बस इतना फायदा था कि वे अपने सभी अलग-अलग बैरकों में बन्द साथियों से 26 जनवरी के दिन एक साथ मिलकर बात कर सकते थे। इस दिन जेल प्रशासन बंदियों के लिए वेज बिरयानी, टिक्की, चाउमीन, गोल-गप्पे आदि व्यंजन के खाने का इंतजाम करती है। खाने-पीने की सभी बंदिशों से मुक्त बंदी इन व्यंजनों का स्वाद ले रहे थे। कार्यक्रम के दौरान ही मैंने एक ऐसे बंदी को देखा जिसे मैंने अदालत में भी देखा था। अदालत में वो बन्दी ऐसे खड़ा था, जैसे कितना सीधा-साधा हो और जेल में बंदियों से ऐसे बर्ताव कर रहा था, जैसे वो खुद जेल का कोई आला अधिकारी हो। इस दौरान मेरी मुलाकात भी अपने मुकदमे के सभी फाइली बंदियों से हुई। सभी ने एक साथ भोजन और व्यंजनों का लुत्फ उठाया। शाम तक यही दौर चलता रहा फिर रात्रि विश्राम के लिए सभी बन्दी अपनी-अपनी बैरकों में वापस चले गये।

मैं जेल में रहते हुए भी बाहरी देश-दुनिया की खबरों से अपडेट रहने की कोशिश करता था। बीते हुए कल की घटनाओं को रोजाना अखबार के पन्नों को पलटना मेरी आदत में शुमार था। इससे मुझे अपने मुकदमे से जुड़ी ताजा अपडेट मिल जाती थी। दो दिन बाद मेरे ही मुकदमे में एक और आरोपी पूरन राघव का भी जेल में आगमन हुआ। पूरन राघव के जेल आगमन की जानकारी

मुझे अखबार के माध्यम से ही हुई थी। मैंने पूरन राघव से मुलाकात करके जरूरत के मुताबिक जरूरी सामान उनके पास भिजवा दिया। जब मैंने पूरन जी से पूछा- कि बाहर क्या चल रहा है तो उन्होंने जबाब दिया कि भगवान जाने क्या चल रहा है। पूरन राघव 70 वर्षीय एक बुजुर्ग थे। पूरन राघव के इस जवाब को सुनकर मैं वापस अपनी बैरक में आ गया।

मुझे जेल में रहते हुए ऐसा लगने लगा कि मैं काफी दिनों से जेल में हूं। जेल-लोक अब वास्तव में जेल लगने लगा था। मन में ऊबन, दिल में बेचैनी से मैं परेशान हो जाता। ये मानवीय स्वभाव भी होता है और गुण भी, कि एक स्थान पर ज्यादा वक़्त बिताने के पश्चात बोरियत होने लगती है। परन्तु इस लोक में ना तो बोरियत के कोई मायने थे और ना ही निराशा या आशा के कोई मतलब थे। मुझे ये बात ज्ञात थी कि अभी उसे इस लोक में एक लंबा समय बिताना पड़ सकता है।

डॉ. शिखर

मैं और मेरी तन्हाई...

जीवन में कभी-कभी ऐसा भी होता है कि इंसान को खुद ही रोना पड़ता है और खुद को ही चुप कराना पड़ता है। जेल-लोक में मेरे साथ भी कुछ ऐसा ही था। जेल की चहारदीवारी के पीछे की तकलीफ मेरे चेहरे पर साफ दिखाई पड़ने लगी थी। लेकिन उसे देखने वाला कोई नहीं था। मैं खुद ही अपने आपको समझाता था और दिलासा देता था कि कष्ट के दिन बहुरने वाले हैं। जेल-लोक ऐसी दुनिया है जहां पर आने के लिए लाखों दरवाजे हैं मगर यहां से निकलने के लिए महज एक ही दरवाजा है। और वो अदालती दरवाजा, जो इतनी आसानी से नहीं खुलता।

चहारदीवारी के अंदर सांसे लेती कई जिंदगियां जेल को ही अपनी जिंदगी की नियति मान लेती हैं लेकिन मेरे साथ ऐसा नहीं था। मैं इसके बाहर उम्मीद भरी नजरों से एक नया जीवन और एक नई दुनिया देख रहा था। मैं अपना

भविष्य कहीं और टटोल रहा था।

मैं जेल के ही एक सिपाही को 100 रूपये देकर घर का हाल-चाल लेता रहता था। इससे मेरे मन का बोझ हल्का हो जाता था। लेकिन मेरे इस क्रिया की प्रतिक्रिया बड़ी ही अवसादपूर्ण होती थी। क्योंकि घर की खबर पाते ही मेरी घर जाने की बेचैनी बेहद बढ़ जाती थी। मैं अपने मित्रों और सगे-सम्बंधियों से ज्यादा उम्मीद तो नहीं करता था। लेकिन इतनी उम्मीद तो जरूर करता था कि कम से कम एक बार वो लोग मुझसे मुलाकात करने जरूर आयेंगे। मेरी सोच यहां पर गलत साबित हुई। मेरे परिवार के लोगों में सिर्फ मेरी माता, चाचा जी और मेरा छोटा भाई ही मुझसे मिलने जेल आते थे और जरूरी सामान दे जाते थे। इस दौरान कोई और रिश्तेदार मुझसे मिलने जेल नहीं आया। किसी के पास मुझसे मुलाकात करने की फुर्सत शायद नहीं थी, या तो वे लोग डरते थे कि मुझसे मिलने पर कहीं पुलिस उन्हें परेशान ना करे।

एक इंसान अपनी जिंदगी में बहुत सारे फैसले करता है, हर फैसले को सही मानकर ही करता है, लेकिन हर फैसला सही हो ये जरूरी नहीं। मेरे साथ भी कुछ ऐसा था। मुझे लगने लगा था कि मैंने पुलिस पर भरोसा करके अपने जीवन की सबसे बड़ी गलती की थी। इसका खामियाजा मैं जेल में रहकर भुगत रहा था। वैसे तो मुझे जेल-लोक में कोई खास समस्या नही थी। बस बार-बार मुझे अपने घर की याद आती रहती थी।

इसे राजनीति का चरित्र कहा जाये या फिर राजनैतिक फायदे के लिए राजनैतिक दलों का नंगापन, कि जो शख्स नगर अध्यक्ष के पद पर रहते हुए गौरक्षा के मिशन के लिए जेल की हवा खा रहा है, उसी को उसके पद से हटा कर किसी दूसरे को नगर अध्यक्ष बना दिया गया। मतलब साफ था कि पार्टी ने भी अब मुझसे पल्ला झाड़ लिया था। नगर अध्यक्ष पद से हटाये जाने की जानकारी मुझे जब दो दिन बाद हुई तो मैं अंदर से टूट गया। मुझे लगा कि मेरे साथ पार्टी ने विश्वासघात किया है। परन्तु मैंने अपनी पीड़ा को ना तो किसी से व्यक्त किया और ना ही इस बात का ज़िक्र किसी से किया। मैं मन ही मन अपने आपको ठगा सा महसूस कर रहा था। मैं अगर जेल-लोक में किसी से अपने साथ हुई इस घटना का ज़िक्र करता, तो लोग मेरा ही मजाक उड़ाते और मैं जेल में अपने

डॉ. शिखर

कद को छोटा कर लेता।

अब मेरी सारी उम्मीदें इलाहाबाद हाईकोर्ट पर आकर ठहर गई थीं। मैंने उच्च न्यायालय में सीबीआई जाँच की अपील की हुई थी। पूरे मामले की सीबीआई जाँच संबंधी सुनवाई के लिए 31 जनवरी 2019 की तारीख तय थी। 31 जनवरी का दिन आया कोर्ट में बहस हुई। लेकिन यहां से भी मुझे निराशा ही हाथ लगी, क्योंकि कोर्ट ने अगली सुनवाई के लिए 20 फरवरी की तारीख दे दी थी। मैं अदालती रवैये को भली-भांति जानता था इसलिए सीबीआई जाँच सम्बंधी फैसले को लेकर मुझे अपनी अपील के पक्ष में बहुत ज्यादा उम्मीद नहीं थी। फिलहाल तो मैं अदालती झटके से उबरने की कोशिश कर रहा था। जेल में एक-एक पल काटना मुश्किल हो रहा था। कभी-कभी तो जिंदगी खत्म हो जाने जैसी लगने लगती थी। पुलिस प्रशासन तो अपनी जगह थी, मीडिया भी मेरे चरित्र का करीब-करीब रोजाना पोस्टमार्टम करता रहता था।

विडंबना देखिये कि मीडिया खबरों में मेरे ऊपर कई राज्यों में अपराधिक मामले के होने का ज़िक्र किया जाता था। जबकि मैं उन राज्यों में कभी गया तक नहीं था और ना ही मुझे ऐसे किसी भी मुकदमे की जानकारी ही थी।

अब तक गौकशी के आरोपियों में से कुछ पर पुलिस NSA की कार्यवाही भी कर चुकी थी। परन्तु मुझे इससे कोई फायदा नहीं था। मुझे जेल-लोक की एक बात बहुत ही अच्छी लगी कि किसी भी धारा का कोई भी मुल्जिम हो, सब के साथ एक जैसा व्यवहार किया जाता था। जेल के सुरक्षा कर्मी अपने-अपने चहेते बंदियों की सभी खबर बाहर फोन करके पहुँचा देते थे। हालांकि, जेल में बड़े-बड़े मोबाइल जैमर लगे हुए थे। परन्तु ये जैमर सिर्फ शोपीस थे। क्योंकि जैमर 3 जी मोबाईलों की सेवा को ही प्रभावित कर पाते थे। 4जी सेवा पर इन जैमरों का कोई बस नहीं था। ऐसे में 4जी सेवाएं सुचारू रूप से काम करती थीं। जानकार हैरानी होगी कि सभी जिला कारागारों में सरकार ने इन जैमर्स को लगा रखा था और इसे लगाने में करोड़ों रूपए खर्च हुए थे। मोबाइल जैमर टॉवर्स की एक नकारात्मक बात ये थी कि ये इतने बड़े थे कि कई कम्पनी के सिग्नल देने वाले टॉवर मिलकर भी इन जैमर्स के सामने बौने थे। कमाल की बात यह थी कि इन भीमकाय जैमर्स की मरम्मत के लिए इन पर चढ़ने हेतु कोई व्यवस्था नहीं थी।

जेल प्रशासन पता नहीं कैसे इन भीमकाय जैमर्स का रखरखाव करती थी।

जो कैदी जेल में मारपीट और गुण्डागर्दी के साथ नशा उत्पाद बेचने का काम करते थे, उनकी अच्छी सेवा भी की जाती थी। एक दिन सुबह-सुबह ही जेल में पांच युवा बंदियों की बड़ी बेरहमी से पिटाई हो रही थी। सभी उन्हें देखने के लिए चौक पर खड़े हुए थे। देखने से ही पता चलता था कि ये नई उम्र के लड़के हैं। ये युवा बंदी मूंगफली के दाने निकालकर उसमें नशे की गोलियां भरकर जेल में लाये थे। मूंगफली को ऐसे चिपकाया गया था जैसे उनके साथ कोई छेड़छाड़ ही नहीं हुई हो। लेकिन जेल के ही किसी मुखबिर ने इसकी सूचना जेल प्रशासन को दे दी और ये युवा लड़के धर लिए गए। दोषी बंदी लड़कों की कुटाई के बाद इनके साथ ऐसे पूछ-ताछ हो रही थी, जैसे कोई अदालती कार्यवाही चल रही हो। एक सवाल के बदले इन्हें 100 थप्पड़ पड़ रहे थे।

जेल-लोक में बदतमीज लोगों की संख्या भी कम नहीं थी। जो भी बंदी जेल में एक महीना बीता लेता था, स्वतः ही बददिमाग हो जाता था। नम्बरदारों की बन्दियों से रोजाना नोंक-झोंक होती ही रहती थी। सनकी बन्दियों को जेल-लोक में जूताखोर कैदी कहा जाता था। ऐसे जूताखोर कैदी अपनी ही तरह के बंदियों की संगत रखते थे। जेल-लोक में एक कहानी और दिखाई देती थी और वो कहानी जातिवाद की कहानी थी। बन्दियों में रोजाना कोई न कोई झगड़ा होता रहता था। जो बन्दी झगड़ा करते थे, उन्हें गुमटी (जेल के बीचो-बीच) लाया जाता था। जेल के सिपाही उनसे पूछताछ करते थे फिर उन्हें मारा-पीटा जाता था।

कमाल की बात यह थी कि रोजाना गुमटी के सिपाही की ड्यूटी बदलती रहती थी। हमेशा झगड़ा दो अलग-अलग जातियों के बन्दियों में होता था। ऐसे में गुमटी पर मौजूद सिपाही अपनी जाति बिरादरी के बन्दी का पक्ष लेता था। अब ये बन्दी की किस्मत पर ही निर्भर करता था, कि किस दिन कौन-सा सिपाही मौजूद होगा। हालांकि राजनीतिक (समझदार) बन्दी अक्सर सोच समझकर ही झगड़ा करते थे। झगड़ा करने से पहले वो जानकारी ले लेते थे कि फलां दिन गुमटी पर कौन-सी बिरादरी का सिपाही ड्यूटी पर रहेगा। हालांकि जाति बिरादरी से निपटने का एक और मंत्र भी मौजूद था, और वह था पैसे की ताकत। जेल में पैसे

डॉ. शिखर

से बढ़कर कोई धर्म नहीं था। ऐसे में जो कैदी गुमटी के सिपाही को पैसे देने में भारी पड़ता था, वही झगड़े में भी अपने विपक्षी पर भारी पड़ता था। जेल में एक एटीएम कानून भी था। इस कानून के अन्तर्गत ऐसे बन्दी जिनके पास दस हजार रूपये से ज्यादा पैसे होते थे, वे लोग अपना पैसा एक ऐसे व्यक्ति के पास रखते थे जो रजिस्टर में खाता खोलता था। उसके पास खाता खुलवाकर बंदी अपने हस्ताक्षर से निश्चित रकम जमा कर सकते थे और निकाल सकते थे। एटीएम के इस कानून में बेईमानी का काम भी बहुत ईमानदारी के साथ होता था।

इसी बीच जेल-लोक में एक अच्छी खबर आई कि सरकार ने आजीवन कारावास यानी उम्रकैद की सजा के प्रावधान को 16 साल की सजा में तब्दील कर दिया है। उम्र कैद की सजा काट रहे कैदी आने वाले दिनों में इसके 14 साल होने की उम्मीद कर रहे थे। सभी बन्दी खुश थे कि वे अपने-अपने घरवालों और समाज से रूबरू हो सकेंगे। बंदी अपनी-अपनी जेल में बिताये गये वर्षों का हर्ष पूर्वक उल्लेख कर रहे थे कि उनकी राजा के बस महज कुछ साल ही रह गए हैं।

जेल-लोक में जिला जजों का पूरा लेखा-जोखा कैदियों को जुबानी याद रहता था कि कौन जज कहां का है, कैसे व्यवहार का है। कैदियों को यहां तक पता था कि हाईकोर्ट में कौन सी बैंच बैठी है और कौन-सा जज जमानत दे रहा है...कौन नहीं दे रहा है।

इलाहाबाद हाईकोर्ट के सामने अगर कोई कुत्ता भी मरता था तो उक्त घटना कैदियों के बीच लंबी चर्चा का मुद्दा बनती थी। ये चर्चा तब तक चलती रहती थी जब तक कोई अगली खबर नहीं आ जाती थी। ये जेल का अलिखित कानून ही था। वे लोग जेल को ही अपना घर परिवार एवं जीवन मानते थे। इन्हें जेल से रिहाई की कोई उम्मीद नहीं होती थी। मीडियाकर्मियों की जेल-लोक में कोई आवाज़ाही नहीं थी। इसलिए आपस में ही खबरों का आदान-प्रदान किया जाता था। रोजाना नये-नये बंदियों का आना-जाना लगा रहता था। कभी कोई आता, तो कभी कोई जाता रहता था। जाने वाले बन्दी को देखकर सभी कैदी हर्ष उल्लास में खाना खाने वाली थाली को जोर-जोर से बजाते थे। जेल में हर्ष ध्वनि के साथ विदाई देना जेल से बाहर जाने वाले कैदी के लिए शगुन माना जाता है। कुछ बन्दी रिहाई वाले बंदी को अपनी चिट्ठी या घर का फोन नंबर लिखकर देते

थे। बाहर आने वाले कैदी दिए हुए फोन नंबर पर जेल में बंद कैदी का हालचाल उनके घर वालों तक पहुँचा देते थे। मेरे पास पैसों की कोई खास दिक्कत नहीं थी। इसलिए सभी मुकदमेवार लोग मुझे विशेष सम्मान दिया करते थे। मैं भी सभी बंदियों की जरूरतों को हरसंभव पूरी करने की कोशिश करता था।

बंदियों के मनोरंजन के लिए जेल में अक्सर रंगारंग कार्यक्रम के साथ –साथ सांस्कृतिक कार्यक्रम आयोजित होते रहते थे। इस बार 3 दिवसीय खेल प्रतियोगिता जेल-लोक में होने वाली थी। सभी बन्दी अपने-अपने प्रिय खेल में अपना नाम लिखवा रहे थे। मैंने किसी भी खेल में अपना नाम नहीं लिखवाया। मैं तो जेल-लोक के अन्दर हो रहे भ्रष्टाचार के खेल को देखने में मस्त था।

वक़्त बीत रहा था। मेरी जिंदगी के हर पल एवं अवसाद का जेल की दीवारें गवाह बन रही थीं। जेल की हर दीवार बंदियों के लिए महज एक दीवार थी लेकिन कुछ बंदियों के लिए कमाने-खाने का जरिया भी थी। सभी दीवारों पर खूंटियां लगाई गई थीं। सामान के थैले उन्हीं खूंटियों पर टंगे रहते थे। खूंटियां भी बिकती थी, एक खूंटी की कीमत पांच रूपए थी। किसी बंदी के जाने के बाद उसकी खूंटी को उखाड़ लिया जाता था। ताकि दोबारा बेचा जा सके। इसी बीच डीआईजी आफिस से आदेश आया कि कैन्टीन को बन्द कर दिया जाये। डीआईजी के आदेश के बाद कैंटीन को 21 दिन के लिए बन्द कर दिया गया। परन्तु बाद में कैंटीन को पुनः संचालित कर दिया गया। डीआईजी के आदेशों की धज्जिया उड़ चुकी थीं। क्योंकि सबका माई-बाप रूपया ही था। जिसके बिना जेल-लोक का जीवन असम्भव-सा लगता था।

मैं आप सबको फिर से जेल के खेलोत्सव जलसे की ओर ले चलता हूं। जेल में खेल प्रतियोगिता की पूरी तैयारी होने के बाद तीन दिवसीय जेल दिवस कार्यक्रम प्रारम्भ हो गया था। बैडमिंटन, लूडो, कैरम, क्रिकेट आदि कई प्रकार के खेल चल रहे थे। मैं इन खेलों का आनंद ले ही रहा था कि अचानक मेरे कंधे पर किसी ने हाथ रखा तो मैंने पलटकर जब कंधे पर हाथ रखने वाले शख्स को देखा तो पाया कि वो मेरे ही मुकदमे का एक फाइली बंदी है। उस बंदी ने मुझे धमकी भरे अंदाज में कहा कि मैंने जो सीबीआई मांग की याचिका हाईकोर्ट में डाल रखी है उसे तत्काल वापस ले लूं, नहीं तो अंजाम बुरा होगा। मैंने उसे समझाया

डॉ. शिखर

कि किसी मामले को लेकर याचिका दायर करना मेरा हक बनता है। ताकि मैं अपने को निर्दोष साबित कर सकूं। इसी हक के तहत मैंने ये याचिका दायर की हुई है। मेरे और उस बंदी के बीच बहस होने लगी। तो वो मुझसे बदतमीजी करने पर उतारू हो गया। मैंने इसकी शिकायत तत्कालीन जेल अधीक्षक से लिखित रूप से की। उन्होंने मुझे धमकी देने वाले बंदी को बुलाकर बहुत डांट लगाई। उन्होंने कहा कि मैं अपने स्तर पर इसे माफ कर दूं नहीं तो विभागीय कार्यवाही इसके ऊपर होनी तय है। जो शख्स मुझसे उलझने की कोशिश कर रहा था वह मेरे सामने हाथ जोड़ कर गिड़गिड़ाने लगा और सबके सामने रोते हुए मुझसे माफी मांगी। मैंने जेल अधीक्षक से मामला यहीं खत्म करने की गुजारिश की और उक्त बंदी को माफ कर दिया गया। मेरी सहमति पर ये मामला मौके पर ही रफा-दफा कर दिया गया।

जेल के विभिन्न कार्यक्रमों में मैंने अब बढ़-चढ़ कर हिस्सा लेना शुरू कर दिया। जेल-लोक का माहौल मेरे अनुरूप हो गया था। सभी अधिकारियों की नजर में मेरी एक अच्छी छवि बन चुकी थी। इसका फायदा ये हुआ कि मैं बिना किसी रोक-टोक के जेल में सभी स्थानों पर आ जा सकता था।

खेल प्रतियोगिता निपटने के बाद अगले दिन सांस्कृतिक दिवस था। इस दिन डांस का कार्यक्रम रखा गया था। आशा के विपरीत इस डांस कार्यक्रम में युवा तो युवा बंदी, अधेड़ एवं बुजुर्ग कैदियों ने भी बढ़-चढ़ कर हिस्सा लिया। सभी कार्यक्रम बहुत ही अच्छे ढंग से सम्पन्न हो रहे थे। जेल के बंदी उन कार्यक्रमों का आनंद उठा रहे थे।

तारीख 12.02.2019

मैं सुबह अखबार पढ़ रहा था। अखबार में छपी एक खबर को देखकर मैं दंग रह गया। दरअसल, अखबार में खबर प्रकाशित हुई थी कि मेरे चाचा डा. अग्रवाल पर जानलेवा हमला हुआ है। अखबार किनारे रख कर मैं तत्काल जिला कारागार में तैनात एक जिम्मेदार अधिकारी के पास गया और उनसे इस खबर की जानकारी दी और साथ ही मेरे घर परिवार की सुरक्षा की जानकारी भी मांगी। उन्होंने करीब 20 मिनट बाद मेरे चाचा जी से बात कर मुझे बताया कि

रात के समय चोरों ने उन पर हमला कर दिया था। भागते समय चोरों ने अपने बचाव में फायरिंग की, पलटवार करते हुए मेरे चाचा जी की ओर से भी फायरिंग हुई। लेकिन इस गोली-बारी में मेरे चाचा पूरी तरह सुरक्षित थे। मेरे लिए तो यही सुकून वाली खबर थी। चाचा की सलामती जानकर मैंने राहत की सांस ली।

मुलाकातों के दौर के तहत मुझसे मुलाकात करने के लिए मेरे बड़े भाई और एक मित्र जेल आये थे। दोनों ने मेरा कुशलक्षेम पूछा। मैंने चाचा जी के साथ घर के दूसरे सदस्यों के बारे में जानकारी ली। मैंने अपने बड़े भाई से घरेलू व्यापार के बारे में जानकारी ली। उन्होंने कहा कि सब कुछ ठीक-ठाक चल रहा है बस घर के लोगों को मेरी चिंता है। मैंने अपने मित्र से उसके परिवार की कुशलता के बारे में पूछताछ की और कालेज में मेरे प्रति लोगों की धारणा जानने की कोशिश की। मेरे मित्र ने मुझे बताया कि सबकी अपनी-अपनी राय है। फिलहाल ज्यादातर लोगों की सोच मेरे प्रति सकारात्मक ही है। मेरे मित्र और मेरे भाई ने मुझे फल एवं बिस्कुट के साथ जरूरी सामान दिये। मुलाकात का समय खत्म हो चुका था। मेरे बड़े भाई और मेरे मित्र महोदय जेल से बाहर निकल चुके थे। मैं वापस अपने बैरक में आ गया और जिंदगी में आए अस्वाभाविक ज्वार-भाटे के बारे में सोचने लगा।

एक दिन अचानक ही मुझे अपनी वाली "अलर्ट मोड" की याद आ गई। सोचने लगा कि उसके बारे में तो मैंने अभी तक सोचा ही नहीं कि वो कैसी होगी। मुझे लेकर वो कितनी परेशान होगी। सच कहूं तो जेल में आने के बाद से आज पहली बार मुझे उसकी याद आई थी। मेरी आंखों के सामने वो दृश्य तैरने लगे, जब हम दोनों अपने-अपने भविष्य के मुद्दे पर एक बहस कर रहे थे। मेरी "अलर्ट मोड" का कहना था कि जिंदगी छोटी ही हो लेकिन खुशगवार हो, इसमें रोमांच के साथ रोमांस का तड़का हो, थोड़ा नैन मटक्का हो और सुकून के साथ मस्ती भरे पल हों। जबकि मेरा कहना था कि जिस जिंदगी में उथल-पुथल ना हो, थोड़ी अड़चनें ना हों, वो जिंदगी नीरस होती है, जिंदगी में धूप-छांव का होना जरूरी है। जिंदगी में उतार-चढ़ाव का होना जरूरी है। लेकिन आज मुझे ये अहसास हो रहा था कि जिंदगी में इतने उतार-चढ़ाव भी ना हों कि जिंदगी नासूर बन जाए। एक स्थिर जिंदगी के लिए सुकून भरी जिंदगानी का होना बहुत जरूरी है। शायद यही सुकून भरी जिंदगी मेरी "अलर्ट मोड" वाली की भी सोच थी। खैर पहला

डॉ. शिखर

प्यार तो पहला प्यार ही होता है। लेकिन अब मैं एक आरोपी हूं। जेल में बंदी रह चुका हूं। मैं भला ये कैसे जान सकता हूं कि उसका मेरे प्रति अब कैसा नजरिया होगा। खैर रोमांस से जुड़े इन बातों को विराम देता हूं और मुद्दे पर आता हूं।

मेरे भाई और मिल के जाने के बाद मेरा मन विचलित होने लगा था। मुझे अपने चाचा की बेहद चिन्ता हो रही थी। क्योंकि मेरा इस दुनिया में सबसे अधिक लगाव मेरी मां से था। इसके बाद मैं सबसे निकट अपने चाचा के हूं। मेरी उनसे खूब पटती है। मैं उनका बहुत सम्मान करता हूं। मैंने ऊपर भी ज़िक्र किया है कि मुझे बचपन में मेरे चाचा जी ने ही पाला-पोसा था। इसलिए मेरा उनके प्रति झुकाव ज्यादा था। मुझे दुखी देखकर कुछ बंदियों ने मुझसे इसकी वजह पूछी। बंदियों द्वारा मेरी उदासी का कारण पूछने की वजह साफ थी कि जेल-लोक में मुझे चाहने वालों की संख्या काफी तेजी से बढ़ी थी। जेल-लोक में रहने वाले करीब-करीब सभी बंदी मुझे मददगार के तौर पर देखते थे। वे मेरे दोस्ताना व्यवहार की बहुत कद्र करते थे। सबके मन में मेरे प्रति एक आदर्शवादी व्यक्तित्व की छवि बन चुकी थी।

इसी बीच जेल-लोक में एक नये बंदी का आगमन हुआ। इनका नाम तो मुझे नहीं पता चल सका। मुझे बस इतना ही पता चला कि ये कोई शर्मा जी हैं जो पहले कभी सरकारी मास्टर हुआ करते थे। अब इनका रिटायरमेन्ट हो चुका है। किसी स्कूल के दीवानी मामले में प्रतिवादी ने इनके ऊपर फौजदारी का मामला लिखवा दिया था। चेहरे से बेचारे सीधे-साधे शरीफ आदमी दिखते थे। इनका दाखिला अस्पताल में हो गया था। पता चला कि इनके बड़े बेटे दिल्ली विश्वविद्यालय में प्रोफेसर हैं। संयोग की बात ये थी कि जिला कारागार के जेलर के भाई भी दिल्ली विश्वविद्यालय में ही प्रोफेसर थे और दोनों एक दूसरे के मिल थे। यही वजह रही कि मास्टर जी का दाखिला अस्पताल में तुरंत ही हो गया। मास्टर जी को मेरे बेड के बगल में ही बेड दे दिया गया था। चूंकि मास्टर जी का बेड मेरे बगल में ही था इसलिए स्वाभाविक है कि मैं और मास्टर जी बहुत ही जल्दी आपस में घुल-मिल गए। या यूँ कहें कि महज 24 घंटे से भी कम समय में मेरी मित्रता मास्टर जी से हो गई। खैर बातों का सिलसिला शुरू हुआ तो बातचीत से मुझे अहसास हुआ कि मास्टर जी पुराने मुकदमेबाज हैं। साथ ही इन्हें कानून की अच्छी जानकारी भी है।

इस बदले हुए दौर में भी मास्टर जी का दिल अभी भी सत्य, न्याय और ईमानदारी के लिये धड़कता था। एक और बंदी अस्पताल में बंद था जिसका नाम सुभाष था। सुभाष बहुत ही कमजोर था। मास्टर जी ने सुभाष को देखा तो उनको उस पर दया आ गई। मास्टर जी ने उसका ज़िक्र करते हुए उसे फल देने के लिए उसके पास गये तो वो उन्हें वहाँ नहीं मिला, जहां मास्टर जी उसे छोड़ कर आये थे। अगले दिन मास्टर जी उसके पास दुबारा गये और फल देने लगे तो उसने फल लेने से इनकार कर दिया। वापस आकर मास्टर जी ने मुझसे कहा कि ईश्वर अगर किसी की मदद करना चाहेगा तो मैं या कोई भी माध्यम बन सकता है। अगर मदद नहीं करना चाहेगा तो मदद लेने वाला खुद मदद लेने से इनकार कर देगा। मास्टर जी उस व्यक्ति द्वारा फल ना लेने की वजह भगवान की लीला मान रहे थे। इससे ये तो साफ हो गया कि मास्टर जी धार्मिक भी हैं। मुझसे बातचीत के दौरान उन्होंने अपनी जिंदगी के कई अनुभव मुझसे साझा किए।

मास्टर जी ने अपना पूरा जीवन बच्चों को शिक्षित करने में लगा दिया था और 60 साल पूरे होते ही सरकार ने उन्हें रिटायर कर दिया। रिटायरमेंट के बाद उन्हीं के एक साथी ने सरकारी स्कूल की कमेटी का अध्यक्ष बनने पर मास्टर जी पर मुकदमा दर्ज कराया। मास्टर जी को लगा ये व्यक्ति स्कूल को धोखे से बन्द करवा कर बेच देगा या कुछ गलत करेगा। मास्टर जी ने विरोध किया तो उनके विरोधी ने उन पर चार सौ बीसी का केस दर्ज करा दिया और उन्हें झूठे मुकदमे में जेल भिजवा दिया। परन्तु मास्टर जी झुकने वाले नहीं थे। अभी भी मास्टर जी के तरकश में हिम्मत के तीर मौजूद थे। मास्टर जी हिम्मत नहीं हारे थे। जेल में रहते हुए भी जेल के बाहर निकलकर विपक्षी पार्टी को जेल-लोक भिजवाने की तैयारी कर रहे थे। मास्टर जी और मैं एक साथ ही खाना खाते थे। हालांकि मास्टर जी की उम्र और मेरी उम्र में करीब 60 साल का अन्तर था। परन्तु हमारे बीच एक दादा-पोते के जैसी मिलता हो गई थी। जेल-लोक में दोनों ही लोगों के पास पूरा वक़्त था कि आराम से अपने जीवन के अनछुए पहलुओं पर आपस में चर्चा कर सकें।

इसी बीच खबर आई कि पाकिस्तान के एक आंतकी ने कश्मीर में 50

डॉ. शिखर

सैनिकों को मार दिया है। इस खबर के जेल में फैलते ही पूरी जेल में पाकिस्तान के खिलाफ रोष फैल गया। परन्तु इस रोष का कोई फायदा नहीं था। क्योंकि जेल में बंद कैदियों की भावनाएं जेल के बाहर नहीं जा सकती थीं। बंदियों का आक्रोश देखकर ऐसा लगता था कि अगर इन्हें पाकिस्तान भेज दिया जाये तो शायद ये बंदी पाकिस्तान को दुनिया के नक्शे से मिटा देंगे। जेल में देश प्रेम की धारा बह निकली थी। हर कोई पाकिस्तान को लेकर भद्दे-भद्दे कमेंट कर रहा था। मैंने भी पाक की नापाक हरकत पर महामहिम राष्ट्रपति को संबोधित एक खत लिखा, जो जिलाधिकारी बुलन्दशहर के माध्यम से महामहिम राष्ट्रपति जी को दिया जाना था। मैंने पत्र में लिखा था कि "मानव बम बनकर पाकिस्तान में जाना चाहता हूं और पाकिस्तान को बर्बाद कर देना चाहता हूं।" हालांकि यह बात और है कि उस पत्र का कोई जवाब नहीं आया। जेल में बंद कैदियों की पाकिस्तान के प्रति नफ़रत को देखते हुए मैं बेहद भावुक हो गया था।

खैर तीन-चार दिन में ही मास्टर जी की रिहाई का आदेश आ गया था। मैं जेल के दरवाजे तक मास्टर जी को विदा करने आया था। मास्टर जी ने मेरा फोन नम्बर लिया और अपना मोबाइल नम्बर मुझे नोट करवाया। बाहर निकलने के बाद हम दोनों के बीच मुलाकात तय हो गयी थी। मास्टर जी खुशी-खुशी विदा हो गये थे। मास्टर जी को विदा करने के बाद मैं वापस अपनी बैरक में आ गया।

मास्टर जी के जाने के बाद मैं एक बार फिर अकेला-अकेला महसूस करने लगा। कभी-कभी इंसान भीड़ में भी खुद को अकेला महसूस करता है। अगर उसकी विचारधारा के लोग उसके इर्द-गिर्द ना हों। इस बात का अहसास मुझे मास्टर जी के जेल से जाने के बाद हुआ।

खैर....मेरे प्रतिवादी लोग जो गौकशी के जुर्म में जेल में बंद थे, उन सभी लोगों की जमानत अपर जिला एवं सत्र न्यायाधीश बुलन्दशहर के यहां से खारिज हो गई थी। मुझे महसूस हुआ कि मेरी जमानत भी शायद खारिज हो सकती है। परन्तु मुझे इस बात पर भरोसा था मेरे मामले में 39 लोग जेल में बंद थे, जबकि विपक्ष के मुकदमे में महज 9 जेल में बंद थे। संख्या ज्यादा होने की वजह से मुझे जमानत मिलने की उम्मीद ज्यादा थी। कानून के जानकार भी इस

वजह को जमानत मिलने का मजबूत आधार मान रहे थे।

जेल-लोक में डींग हांकने वाले लोगों की भी संख्या कम नहीं थी। जेल में बंदियों के बीच दबदबा बनाने के लिए लोग खुद को करोड़पति या सौ-दो सौ बीघे जमीन का मालिक बताते नहीं थकते थे। मेरे वाले मुकदमे से जुड़े लोगों में भी कुछ ऐसे ही बंदी थे। मुझे कुछ प्रत्यक्षदर्शियों ने बताया था कि जो बंदी दंगा होने के दौरान पुलिस चौकी के बाहर रखी शराब लूट रहे थे, वो अपने आप को करोड़पति के तौर पर जेल में पेश कर रहे थे। बंदियों की बातें सुनकर ऐसा लगता था जैसे इनमें झूठ बोलने की होड़ लगी हो। इस बड़बोलेपन में एक खासियत थी कि कोई भी बंदी या कैदी इन बातों पर एक दूसरे को कोई प्रति उत्तर नहीं देता था। सारे लोग एक दूसरे की बातों पर हंसकर मनोरंजन किया करते थे।

जेल में कुछ बन्दी सुबह से शाम तक सिर्फ अपने मुकदमे की ही बातें करते रहते थे। मुकदमे के बारे में बात करने वाले लोगों की भी दो कैटेगरी थी। पहली कैटेगरी में वे लोग होते थे जो छोटे से अपराध में बंद होने या सजा होने के बावजूद खुद को बड़ा अपराधी बताने से नहीं चूकते थे। दूसरी कैटेगरी में वे लोग थे जो ये बताना चाहते थे कि उनके साथ अन्याय हुआ है और अदालत में उनके साथ न्याय नहीं हुआ। इन्हीं में से एक बंदी था लालू कुशवाह, पुत्र श्री धर्मू, निवासी खुर्जा बुलन्दशहर। मेरी मित्रता लालू से हो गयी थी। लालू हत्या (दफा 302) के आरोप में आजीवन कारावास की सजा काट रहा था। लेकिन लालू से बातचीत करने पर लगता था कि लालू दिल से साफ और ईमानदार इंसान है। लालू ने मुझे अपने मुकदमे से सम्बंधित कागजात दिखाये। इससे ये पता चलता था कि लालू निर्दोष है। लेकिन जेल में सजा काट रहा हर कैदी खुद को निर्दोष ही बताता था। लिहाजा कौन सही है और कौन गलत है, इसका फैसला कर पाना बेहद मुश्किल हो जाता था। फिर भी जेल की प्रथा के अनुसार सभी की हां में हां मिलाना मजबूरी थी।

2 मार्च 2019 का दिन

स्याना हिंसा हुए 89 दिन हो गये थे। दो मार्च का दिन काफी महत्वपूर्ण था। चूंकि पुलिस को 90 दिन के अन्दर चार्जशीट दाखिल करनी होती है।

इसलिए सबकी नजर चार्जशीट पर थी। पुलिस ने 02 मार्च शाम साढ़े चार बजे कोर्ट में 3300 पेज की केस डायरी और 103 पेज की चार्जशीट दाखिल कर दी थी। जेल में बन्द सभी 39 कुसूरवारों के मन में एक हलचल थी, कि चार्जशीट में पुलिस ने क्या दाखिल किया है। किसी भी आरोपी की जमानत मंजूर होना या ना होना काफी हद तक चार्जशीट पर निर्भर करता है। इसलिए सभी आरोपियों को कल के अखबार का बेसब्री से इंतजार था। वैसे तो जेल में सभी सूचनाएं तुरन्त ही आ जाती हैं। किस आरोपी पर कौन सी धारा लगी है। लेकिन इसकी जानकारी अभी जेल में नहीं आई थी।

पुलिस ने मेरे खिलाफ चार्जशीट में क्या लिखा होगा, इसी बात को लेकर मन उलझा हुआ था। दिल की बेचैनी बढ़ रही थी। नींद आंखों से दूर जा चुकी थी। किसी तरह करवट बदलते हुए रात गुजरी। अब सुबह हो गई थी अखबार आ गया था। अखबार में वही लिखा था जिसका मुझे डर था। पुलिस ने पांच लोगों को हत्या का आरोपी और 33 लोगों को हत्या की कोशिश का आरोपी बनाया था। जिसमें से एक व्यक्ति की विवेचना होनी अभी बाकी थी।

मुझसे किया हुआ अपना वादा पुलिस तोड़ चुकी थी। अखबार के पन्नों ने सभी आरोपियों की बेचैनी को बढ़ा दिया था। सभी आरोपियों के चेहरे पर हवाइयां उड़ रही थी। कोई कुछ नहीं कर सकता था। लिहाजा इन सबकी बेबसी को साफ देखा जा सकता था। मैंने अदालत से आयी तलबी वारंट को देखा। इसमें भी 5 लोगों पर 20 धाराएं और 33 लोगों पर 17 धाराएं लगाई गई थी। मैं खुद को पुलिस द्वारा ठगा महसूस कर रहा था। लेकिन फिर भी मैं अदालत में लगने वाली तारीख का इंतजार करने लगा। मैं मीडिया को पुलिस के इस झूठ के पुलिंदे के बाबत बताना चाहता था।

दिन 5 मार्च 2019

अदालत में मेरे मामले का केस लगा था। 05 मार्च की सुबह सभी लोग नहा धोकर तैयार हो गये थे। लेकिन इसी दिन संविधान बचाओ संघर्ष रैली ने भारत बंद का ऐलान कर दिया था। भारत बंद की वजह से अदालत ने अगली तारीख 07 मार्च को मुकर्रर कर दी। दो दिन बाद 07 मार्च की तारीख आ

गई थी। मुझे और इस केस से जुड़े अन्य बंदियों को औपचारिक लिखा-पढ़ी के बाद बैरक से बाहर लाया गया। सभी बंदियों को पुलिस वाहन में बिठा कर बुलन्दशहर कोर्ट ले जाया गया। सभी बंदियों को जेल में बने हवालात में बन्द किया गया। उसके बाद 5-5 बंदियों को हथकड़ी लगाकर पुलिस सीजेएम कोर्ट में पेश करने लगी। मुझे भी अदालत ले जाया गया। अदालत में एक सिपाही एक सादे कागज पर सभी बंदियों से हस्ताक्षर करवा रहा था। मैंने सादे कागज पर हस्ताक्षर करने से मना कर दिया और अपने ऊपर पुलिस द्वारा लगाये गये सभी आरोपों के आरोप पत्र की छाया प्रति मांगी। सिपाही ने इसे देने से मना कर दिया। कोर्ट में उपस्थित पुलिसकर्मियों से मेरी कहा सुनी भी हो गयी। खैर कुछ देर बाद ये तय हुआ कि मैं कोर्ट के पेपर पर लिख कर दूं कि मुझे चार्जशीट प्राप्त नहीं हुई है। साथ ही पेपर में मैं अपने हस्ताक्षर करूं। फिलहाल मैंने खुद को संतुलित किया और अपने गुस्से पर काबू किया। इसके बाद आनन-फानन में मेरे साथ अन्य आरोपियों को जिला कारागार वापस ले आया गया।

8 मार्च 2019 को दूसरी पाली के मुलाकात में मुझसे मुलाकात करने मेरे चाचा जी आये। वे अपने साथ चार्जशीट की कॉपी भी लाये थे। चाचा के साथ में उनका पूरा परिवार मुझसे मिलने जेल आया था। परिवार के सभी लोगों से मिलकर मुझे बहुत खुशी हुई। मैंने सभी से बातें की और चाचा जी से आगे की रणनीति पर चर्चा की। साथ ही चाचा ने मुझे ये भी बताया कि अदालत ने मुकदमे में अगली तारीख 19 मार्च दी है।

बता दूं कि 15 मार्च को मेरी जमानत के लिए पहली जमानत याचिका सीजेएम कोर्ट बुलन्दशहर डाली गई थी जिसे कोर्ट ने उसी दिन ही खारिज कर दी थी। दूसरी याचिका डीजे कोर्ट में 18 मार्च को डाली गई जिस पर डीजे कोर्ट ने फाईल तलब कर ली। इसलिए निचली अदालत से 19 मार्च की तारीख पर 02 अप्रैल की तारीख मिल गई थी। जमानत याचिका पर 26 मार्च की तारीख तय हुई थी। चूंकि 19 मार्च को मुकदमे की दूसरी तारीख थी। इस वजह से अब हालात सामान्य होने लगे थे। जेल से ले जाकर कैदियों को न्यायालय में बने हवालात में रखा जाता था। इसलिए हवालात के हालात सामान्य होने लगे थे। हवालात में बाहरी खाना-पीना पैसे के बल पर हो जाता था। हालांकि प्रत्येक खाने--पीने की वस्तु के दोगुनी कीमत दाम देनी पड़ती थी। मोबाईल चलाने की

डॉ. शिखर

सुविधा भी मिल जाती थी। लेकिन इस सुविधा को पाने के लिए कथित तौर पर मोटी रकम चुकानी पड़ती थी। मोबाइल से बात करने का रेट 700 रूपये प्रति घंटा था। कहा जाए तो जेल में घुसते ही बंदी से अवैध वसूली का काम शुरू हो जाता है और ये कार्यक्रम रिहाई तक चलता है। मैंने भी पैसे देकर जेल में रहते हुए कई गैरकानूनी सुविधाओं का लाभ लिया था।

20 मार्च को होली का त्यौहार था। मैंने पांच किलो मिठाई और साथ में गुलाल के पैकेट मंगा लिये थे। अपने सभी मिलने वालों को मिठाई खिलाने के बाद रंग खेलने का कार्यक्रम धुलंडी 21 मार्च को तय किया गया। 21 मार्च 2019 को जेल में विधिवत रंग गुलाल खेला गया। जेल प्रशासन ने डीजे और साउंड बॉक्स की पूरी व्यवस्था कर रखी थी। मेरे जीवन की यह होली बहुत ही शानदार और यादगार साबित हुई। सभी कैदियों ने बड़े ही लाड़-प्यार के साथ इस त्यौहार को खुले मन से मनाया था। कुछ बन्दियों ने नींद की गोली के तौर पर नशे का इंतजाम कर लिया था। ज्यादा नशा चढ़ने पर कुछ कैदी आपस में लड़-झगड़ भी बैठे। कुछ बंदी जो ज्यादा उत्पाती थे, उनकी जमकर धुनाई भी हुई। लड़ाई करने वालों में वीनू नामक एक बन्दी मेरे मामले में ही जेल में बंद था। उसने अच्छा-खासा नशा किया हुआ था। उसकी पिटाई होते देख मुझे उस पर तरस आ गया। मैंने अपनी पकड़ का इस्तेमाल करके उसको बचा लिया। लेकिन तब तक उसकी भी पिटाई काफी अच्छी तरह से हो गयी थी। लड़ाई करने वाले सभी बंदियों को अलग-अलग बैरकों में शिफ्ट कर दिया गया।

इस घटना के अगले दिन सुबह मुझसे मुलाकात करने मेरी माता जी और मेरे भाई आये थे। मैंने उनसे घर परिवार का हाल-चाल पूछा और साथ ही उन्हें धैर्य से काम लेने का ढांढस बंधाया। भाई और मां से मुलाकात खत्म होने के बाद मैं सीधे वीनू से मिलने उसकी बैरक में चला गया। चूंकि वीनू मेरा बहुत सम्मान करता था। इसलिये मैंने वीनू से कुछ दिन चुप-चाप रहने की सलाह दी। मेरी बात को वीनू ने सहर्ष स्वीकार भी कर लिया।

इंतजार, बेचैनी और तड़प के बीच दिन बीतता रहा। जेल से बाहर जाने की छटपटाहट मुझे परेशान कर देती थी। लेकिन इन सबका वक्त के ऊपर कोई फर्क नहीं पड़ना था। मैं रोजाना भगवान से अपनी रिहाई को लेकर प्रार्थना

करता था।

तारीख 2 अप्रैल 2019

मुझे बुलन्दशहर न्यायालय में मुकदमे की तारीख पर पेश करने के लिए ले जाया गया। न्यायालय परिसर में बने हवालात में ही सभी बंदियों को रखा जाता है। लेकिन उस दिन हवालात परिसर में तैनात पुलिस वाले कुछ ज्यादा ही गुस्से में दिख रहे थे। उनमें से कुछ पुलिस वाले मेरे मामले में जेल में बंद बंदियों को धमका रहे थे। मैंने इनमें से एक सिपाही को ऐसा ना करने के लिए टोका तो वो सिपाही मुझसे ही उलझ पड़ा। हवालात में बंद सभी कैदी मौन रूप से मेरे समर्थन में थे। लिहाजा मैंने सभी के सामने सिपाही को गलती मानने पर मजबूर कर दिया। मैंने उस सिपाही को खूब डाटा। सिपाही को डांटने के बाद मेरे प्रति दूसरे कैदियों के मन में सम्मान और बढ़ गया। 2 अप्रैल को ही मेरे मुकदमे में नामजद 19 बंदियों की जमानत की भी तारीख थी। जमानत पर बहस में क्या हुआ, इसकी खबर शाम तक हवालात में नही आयी। न्यायिक काम निपट जाने के बाद सभी बंदियों को वापस जेल लाया गया। अगले दिन पता चला कि सभी उन्नीस बंदियों की जमानत खारिज हो गई है। जमानत खारिज होने की खबर से सभी बंदी निराश हो गये। सबके चेहरे पर हताशा और निराशा के भाव साफ पढ़े जा सकते थे। लेकिन जमानत खारिज होने की खबर से मुझे कोई निराशा नहीं हुई और ना ही मुझे कोई दुख ही हुआ, क्योंकि मैं यह जानता था कि उन्नीस लोगों को एक साथ जमानत नहीं मिल सकती थी।

इन उन्नीस लोगों की जमानत अर्जी में मेरी जमानत अर्जी शामिल नहीं थी। मैंने अभी तक जमानत याचिका लगाई ही नहीं थी। लिहाजा खारिज होने का कोई सवाल ही नहीं था। जेल में रहते हुए ही मैंने जमानत होने के सारे पहलुओं पर जानकारी पहले से ही इकट्ठी कर ली थी। इसलिए मैं जमानत अर्जी डालने के लिए सही समय का इंतजार कर रहा था। जेल के माहौल से ऊबा हुआ मन और घर वालों की याद आने से मैं बेहद बेचैन था। मैंने प्लान किया था कि इस बार अदालत में पेश होने वाले दिन मैं घर वालों से मिलूंगा। लेकिन इसे दुर्भाग्य कहें या कुछ और...इसी बीच देश भर में आचार संहिता लागू हो गई। इसके चलते

डॉ. शिखर

बंदियों को जेल से अदालत ले जाने पर रोक लग गई। मेरे लिए एक-एक पल एक-एक साल की तरह लगने लगे थे। वक़्त काटना मुश्किल हो रहा था। लेकिन वक़्त किसी की परवाह किए बगैर अपनी रफ्तार से चल रहा था।

अगली तारीख 16 मार्च की थी। लेकिन इस दिन भी बंदियों को जेल से अदालत नहीं ले जाया गया। जेल की दीवारों के भीतर समय काटना मुश्किल होता जा रहा था। मैंने तय किया कि अबकी बार जब भी वो तारीख पर बाहर जाऊंगा फोन से घर वालों से बात जरूर करूंगा। अपनों के साथ खुद को ना पाकर में अकेला महसूस कर रहा था। एकांकी की पीड़ा मेरे दिल की छलनी कर रहा था। इसलिए मैंने जेल के पीसीओ के इस्तेमाल को लेकर एक प्रार्थना पत्र जेल अधिकारियों को दिया हुआ था। इस पत्र की जाँच एसएसपी द्वारा की जाती है। तदोपरान्त जेल के पीसीओ से बात करने की अनुमति मिल पाती है। लेकिन महीनों बीत जाने के बाद भी ना तो जाँच पूरी हुई और ना ही मुझे जेल पीसीओ से बात करने की परमिशन मिली।

तारीख 25.05.2019

जेल में घटी एक घटना ने मुझे झकझोर कर रख दिया। दरअसल जेल में ही एक बंदी ने फांसी लगाकर खुदकुशी कर ली थी। लेकिन उस बंदी की आत्महत्या को लेकर जेल में कोई प्रतिक्रिया नहीं हुई। सभी अधिकारी पूर्ववत अपने-अपने कामों में लगे हुए थे। केवल एसडीएम सिकन्दराबाद, जिसके क्षेत्र में जेल परिसर आता है वो और कोतवाली सिकन्दराबाद के एसएचओ जाँच करने जेल पहुँचे। कागजी खानापूर्ति के साथ उसके शव को पोस्टमार्टम के लिए भेज दिया गया। मामला शाम तक सामान्य हो गया। मैं सोच रहा था कि बंदी की मौत पर कुछ न कुछ प्रतिक्रिया जरूर होगी। लेकिन ऐसा कुछ नहीं हुआ। बंदी की मौत पर जेल में कोई हलचल ना देखकर मुझे बहुत ताज्जुब हुआ। मेरे मन में विचारों का सैलाब उमड़ने लगा और मन में ये ही ख्याल आया कि शायद ये दुनिया दो हिस्सों में बंटी हुई है। एक अच्छी और दूसरी बुरी। शायद भगवान ने हमें दो आंखें भी इसलिए ही दी हैं ताकि हम एक आंख से दुनिया का सकारात्मक पक्ष और दूसरी से नकारात्मक पक्ष को देख सकें। यही वजह है कि

सभी लोगों का नजरिया हमेशा एक जैसा नहीं रहता। दुनिया और समाज में होने वाले कुछ हादसे कुछ लोगों के लिए एक अवसर के रूप में तब्दील हो जाते हैं तो कुछ लोगों के लिए तबाही का रूप धारण कर लेते हैं। सारा खेल वैचारिक और मनोवैज्ञानिक दृष्टिकोण का है।

किसे सही माना जाये और किसे गलत। इस बात का फैसला कर पाना बेहद मुश्किल हो जाता है लेकिन सही-गलत से परे होकर लोग अपनी सुविधा के हिसाब से उसे परिभाषित कर लेते हैं। उदाहरण के तौर पर आज तक हम ये नहीं तय कर पाए कि भारत को आजादी दिलाने के लिए गरम दल को श्रेय दिया जाए या नरम दल को। इतिहास के पन्नों में देश की आजादी में शहादत देने वाले वीरों में नरम और गरम दोनों ही दलों के देशभक्तों के नाम शुमार हैं। कुछ को गांधी प्रिय हैं तो कुछ को भगत-आजाद। सोचने की आजादी है कि आप किस चश्मे से आजादी दिलाने वाले क्रांतिवीरों के योगदान को देखते हैं। मैंने तो पहले ही कहा कि सारा खेल दृष्टिकोण का है। गांधी को अहिंसक विचारधारा ने राष्ट्रपिता बना दिया तो गोडसे की राष्ट्रवादी विचारधारा पानी की तरह धुल गई जब उनकी एक हिंसात्मक कार्रवाई ने उन्हें देश का सबसे बड़ा खलनायक बना दिया। यहां गोडसे की गोली से मारे जाने वाला शख्स भारत के इतिहास में नायक के तौर पर अमर हो जाता है और मारने वाले का नाम इतिहास के पन्नों में काले अध्याय के तौर पर लिख दिया जाता है।

कौन सही था, कौन गलत। मैं इस मुद्दे पर अपनी राय कायम करने के लिए ये तर्क नहीं दे रहा हूं। बल्कि समझाना चाहता हूं कि जो दस्तावेज में लिख दिया जाता है उसे झुठलाना आसान नहीं होता। ना तो मैं गांधी हूं ना ही गोडसे... लेकिन मुझ जैसा शख्स, जिसने कोई अपराध किया ही नहीं हो, फिर भी वह भी जेल में बंद कर दिया जाता है। किसी शख्स के खिलाफ पुलिस के द्वारा सरकारी दस्तावेज में लिखा गया एक-एक शब्द जाँच का विषय बन जाता है और शायद कई परिवारों की तबाही की वजह भी।

भारतीय इतिहास के पन्नों पर गांधी और गोडसे जैसे किरदार अपनी अमिट छाप छोड़ जाते हैं। लेकिन जब सही और गलत के फैसले की बात आती है तो बौद्धिक तबके में एक अंतहीन बहस छिड़ जाती है। इसका कोई ठोस निष्कर्ष

डॉ. शिखर

नहीं निकलता कि कौन सही था और कौन गलत था। इस सवाल का जवाब ना तो दिमाग दे सकता है और ना ही खुदि, दरअसल, जैसी धारणा आपके मन में बनी होगी, दिमाग उसी तकह बर्ताव करेगा। मैंने तो पहले ही कहा कि सारा खेल दृष्टिकोण का है।

विषम परिस्थितियों में जब दिमाग पर दिल हावी हो जाता है तो जन्म लेती है बुलंदनगर के स्याना थाना के चिंगरावठी की हिंसक घटना। जहां मॉब लिंचिंग में उग्र भीड़ द्वारा इंस्पेक्टर सुबोध की हत्या कर दी जाती है और फिर शुरू हो जाता है हिंसा का तांडव। हर तांडव के बाद सन्नाटे का होना स्वाभाविक प्रक्रिया है। लेकिन चारों तरफ फैले सन्नाटे के पीछे सुनाई पड़ती चीख को शायद ही कोई सुन पाता है या फिर सुनने की कोशिश करता है। किसी के पास इतना वक़्त कहां कि वो इस सन्नाटे की गूंज में मजबूर, असहाय और निर्दोष लोगों के दर्द पर मरहम लगाने की कोशिश करे। ऐसी परिस्थितियों में भी सही और गलत के निर्णय में वैचारिक दृष्टिकोण ही हावी होता है। दंगे होते हैं, औपचारिक जाँचें भी होती हैं दोषी और निर्दोष के नाम कानून की एक फाइल में दर्ज हो जाते हैं और फिर शुरू हो जाता है कोर्ट में तारीख-पर-तारीख का ऐसा सिलसिला जो न्याय और अन्याय की बीच की खाई को तर्कसंगत बयानों के जरिए किसी निर्णायक फैसले पर लाने की दीर्घकालिक कोशिश करता है।

फिलहाल तो वक़्त अपनी रफ्तार से आगे बढ़ रहा था लेकिन मेरे लिए जिंदगी ठहर-सी गई थी। जेल की ऊंची दीवारों पर जब मेरी नजर पड़ती तो मुझे हर तरफ अंधेरा ही नजर आता था। लेकिन फिर भी मैंने खुद को समझाने की कोशिश की। मेरा मानना है कि आज काली रात है तो कल का दिन उजाला भी लेकर आएगा...

तारीख 24 अगस्त 2019

वो जन्माष्टमी की शाम थी। जेल के अंदर और बाहर भगवान श्री कृष्ण के जन्मोत्सव की तैयारियां जोरों पर थी। माहौल भक्तमय था। लोगों के चेहरे पर एक अलग तरह की खुशी दिखाई पड़ रही थी। मैं भी खुश होकर जेल बंदियों से दोगुने उत्साह से मिल रहा था। मेरे खुश होने की वजह महज जन्माष्टमी ही नहीं

थी, बल्कि उसी शाम को जेल से जमानत पर रिहा होने की वजह भी थी।ऐसी हालत में किसी भी इंसान का खुश होना लाजमी भी है।

इसे महज संयोग कहें या फिर भाग्य का खेल ...जेल में भगवान श्रीकृष्ण का जन्म और उसी दिन जेल से मेरी रिहाई का संयोग मुझे धार्मिक और व्यवहारिक रूप से मजबूती दे रहा था। लंबे समय के बाद जेल के बाहर की आबो-हवा में सांस लेने का मौका मिलता कि इससे पहले ही तमाम सवालों और जबाबों के बीच मेरी आंखें डबडबा आईं। मेरे मन के जज़्बात जेल जाने और इससे बाहर आने तक के सफर में क्षण भर के लिए भटके तो खयाल आया कि न्याय, धर्म और इंसाफ की लड़ाई अगर इतनी ही आसान होती, तो भगवान कहे जाने वाले श्री कृष्ण को जेल में जन्म नहीं लेना पड़ता।सियासी लोग भले ही आरोप-प्रत्यारोप करके मुझे गुनाहगार साबित करने की कोशिश कर लें। लेकिन मेरी बेगुनाही की सच्चाई को झुठलाया नहीं जा सकता।

मेरी रिहाई के प्रयास में जिन खास लोगों का योगदान रहा, उनमें एक नाम को बिसराया नहीं जा सकता, वो नाम यती नरसिंहानंद सरस्वती जी का है। उन्होंने दंगे में फंसाए गए लोगों की रिहाई के लिए 6 दिन का भूखे-प्यासे निर्जल उपवास किया था और अपने खून से उत्तर प्रदेश के माननीय मुख्यमंत्री जी को एक पत्र भी लिखा था। उन्हें ये अहसास था कि स्याना कांड में फंसाए गए बेकसूर लोगों का परिवार अवसाद के दौर से गुजर रहा है और अगर इनके पक्ष में आवाज़ नहीं उठाई गई तो ये हिन्दू समाज के साथ बेमानी होगा।

जेल से निकलते वक्त मेरी नजर एक ऐसे शख्स पर पड़ी जो अपनी बेगुनाही साबित करते-करते कब जेल की सलाखों के पीछे पहुँच गया उसे पता तक नहीं चला। उसे देखकर एक पल के लिए मन में खयाल आया कि शायद इस शख्स के पास अप्रोच, पैसा, रसूख या रूतबे की कमी थी। इसीलिए ये आज जेल में है लेकिन अगले ही पल मुझे एहसास हुआ शायद ये बातें मैं खुद को समझाने के लिए कह रहा हूँ। वरना इन चीजों की कमी तो मेरे पास भी नहीं थी। फिर मैं कैसे सलाखों के पीछे पहुँच गया। फिलहाल मैं मुद्दे पर आता हूँ दरअसल वो शख्स एक ऐसा सीधा-सादा इंसान था, जिसकी अपनी एक अलग दुनिया

डॉ. शिखर

थी। उसके लिए कुछ गलत काम करना तो दूर, वो किसी तरह के आसामाजिक कार्य के बारे में सोच भी नहीं सकता था। लेकिन उसको ऐसे आरोप में फंसाया गया था जिससे उसकी चारित्रिक हत्या तो हुई ही थी। साथ ही उसके भविष्य पर भी प्रश्नचिन्ह लग गया था। जब तक मैं जेल में रहा, तब तक मैंने देखा कि जेल में उससे मिलने एक दो लोग ही आते थे।कभी-कभी संयोग होता था कि जिस दिन उससे कोई मिलने आया हो और उसी दिन मेरी भी किसी ना किसी से मुलाकात रहती थी। उससे मुलाकात करने आये हुए लोग अगर उसे दो सौ रूपये दे देते तो उसमें से उसे महज पचास रूपये ही उसके हिस्से आते थे। उन दो सौ रूपयों की बंदरबांट कैसे होती थी, इस बात को जेल प्रशासन से बेहतर शायद कोई दूसरा नहीं बता सकता है ।दो सौ रूपयों में से डेढ़ सौ रूपया जेल सिस्टम के हत्थे चढ़ जाता था।डेढ़ सौ रूपये चले जाने से कहीं ज्यादा उस शख्स को पचास रूपये में अपनी जरूरतें पूरी ना हो पाने संबंधी मानसिक पीड़ा से गुजरना पड़ता था।जेल में बंदियों को मुलाकातियों से कैसे मिलाया जाता है और उन्हें कैसे मानसिक और शारीरिक रूप से प्रताड़ित किया जाता है इसकी कहानी मैं ज़िक्र कर चुका हूं। जेल में रसूखदार बंदियों की सेवा के लिए भी कुछ बंदियों की कैटेगरी बनाई गई थी जो इन बंदियों की सेवा में दिन रात एक कर देते थे। हालांकि, जेल में मुझे ना तो किसी की सेवा करनी पड़ी और ना ही कोई काम करना पड़ा। लेकिन जेल के अंदर की जिंदगी को देखकर मैं दहल उठा था।

दरअसल जेल मेरी जिंदगी का ऐसा पड़ाव था जिसके बारे में अब तक मैं सिर्फ सुनता आया था। व्यवहारिक जीवन में बहुत सारे लोगों ने मुझसे अपनी जेलयात्रा के अनुभव के बारे में अपने हिसाब से व्याख्या की थी जो अलग-अलग थी। लेकिन ये सारी व्याख्यायें अलग-अलग होते हुए भी सच और एक थीं।ये भी सच है कि हर एक बंदी के लिए जेल का जीवन अलग-अलग मायने लिए हुए होता है।जैसे..जेल में कुछ कानूनी प्रक्रिया पूरी करने के बाद बंदियों को उनके घर वालों से फोन पर बात की भी सुविधा होती है, जिसके लिए एक तय समय सीमा और एक मानक होता है लेकिन रसूख वाले बंदियों के लिए ऐसे परमीशन और कानूनी प्रक्रिया के कोई मायने नहीं होते। कतिपय अपराधियों द्वारा जेल में रहकर फोन पर धमकी देना, गिरोहबंदी करना, रंगदारी मांगना और आपराधिक गतिविधियों के संचालन की बातें अक्सर मैं मीडिया से सुनता

रहता था, जिस पर मुझे आसानी से भरोसा नहीं होता था। लेकिन जब मैंने जेल में रहकर रसूखदार बंदियों को देखा तो मुझे एहसास हुआ कि जो खबरें मीडिया में आती हैं वे सौ फीसदी गलत नहीं होती हैं। हालांकि खबरों को तोड़-मरोड़कर पेश करना मीडिया वालों की आदत होती है और इसका शिकार मैं भी बना था।इसे दुर्भाग्य ही कहा जायेगा कि टीआरपी के चक्कर में तमाम मीडिया वाले कुछ खबरों के मुख्य तथ्यों से भटक कर किसी इंसान की ऐसी तस्वीर पेश कर देते हैं जो उस इंसान के लिए जिंदगी भर के लिए नासूर बन जाता है।

फिलहाल, मैं मुद्दे पर आता हूँ ...जैसे ही मैं जेल से बाहर निकला मेरे समर्थकों में से कुछ लोगों ने मुझे कंधे पर बैठा लिया।जेल के बाहर मेरे समर्थकों का एक बड़ा सैलाब मेरे स्वागत में खड़ा था।मेरी रिहाई से खुश सभी समर्थक मेरे स्वागत में कोई कमी छोड़ना नहीं चाह रहे थे।समर्थकों के प्रेम और उत्साह को देखकर मैं जेल की पीड़ा को भूल गया।समर्थकों की जय-जयकार और एक लंबे काफिले के साथ मैं बुलंदशहर अपने घर पहुँचा। ।घर पर मेरे शुभचिंतकों और रिश्तेदारों की एक लंबी भीड़ थी।लोग अपनी-अपनी तरह से मेरे प्रति अपनापन जताने की कोशिश कर रहे थे। जो मेरे लिए किसी खोये हुए खजाने के फिर से मिल जाने से कम नहीं था।

अभी तो मुझे जमानत मिली थी। जिंदगी की असल जंग तो अब शुरू होनी थी। इस जंग को लड़ने की तैयारी मुझे खुद करनी थी। लेकिन अगर जंग आमने-सामने की होती है तो जंग लड़ने में मजा भी आता है, जंग अगर वैचारिक होती है तो तर्कों के सहारे अपना पक्ष मजबूत किया जा सकता है। लेकिन जंग अगर साजिश का हिस्सा हो तो उससे लड़ पाना थोड़ा मुश्किल हो जाता है। साजिश की जंग को जीतना थोड़ा मुश्किल भले ही होता है लेकिन नामुमकिन नहीं होता। साजिशी जंग में जिसके दांव मजबूत पड़ते हैं वो जंग जीत जाता है और जिसके दांव कमजोर पड़ते हैं वो जंग हार जाता है। इसे ही तो कहते हैं दांव में पांव का उखड़ना। इस जंग के खेल में जिसके पांव उखड़ जाते हैं...वो आऊट करार दिया जाता है और जो खिलाड़ी अंत तक मैदान में टिका रहता है, उसे नॉट आऊट करार दिया जाता हैं। मैं थक सकता हूं लेकिन हारूंगा

डॉ. शिखर

नहीं। मामला कोर्ट में चल रहा है। कितना लंबा खिंचेगा...पता नहीं... लेकिन निर्दोष होने की वजह से इतना भरोसा जरूर रखता हूं कि... इस कानूनी लड़ाई में मैं पाक-साफ होकर बाहर निकलूंगा और इस देश एवं समाज के लिए मैदान में अंत तक टिका रहूंगा और नॉट आऊट कहलाऊंगा।

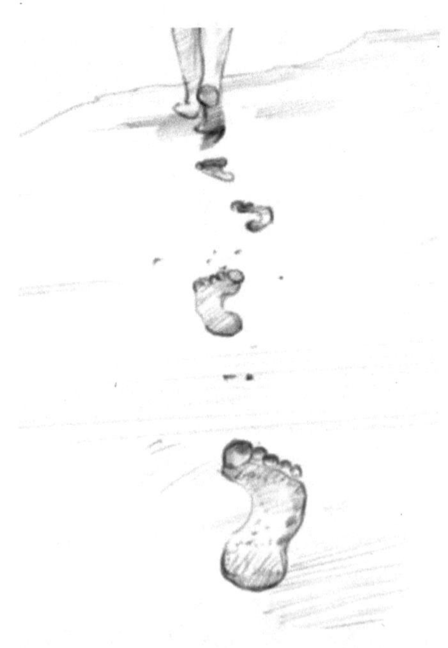

डॉ. शिखर

चलते-चलते...

धीरे-धीरे वक़्त बीतता रहा। दिन सप्ताह में और सप्ताह को महीने में बदलते-बदलते करीब एक साल का वक़्त बीत गया। मैं पार्टी के लिए पूरी निष्ठा से काम करता रहा। पार्टी के प्रति समर्पण और जिम्मेदारी के साथ काम करने की मेहनत देखकर 15 जुलाई 2020 को पार्टी ने मुझे एक अहम जिम्मेदारी सौंपी। इसके लिए भाजपा जिलाध्यक्ष ने एक कार्यक्रम आयोजित कर मुझे जनता को जागरूक करने के लिए प्रधानमंत्री जन कल्याण जागरूकता अभियान का जिला महामंत्री नियुक्त कर दिया।

महामंत्री पद पर मेरी ताजपोशी से मेरे बढ़ते राजनैतिक कद को मेरे राजनैतिक विरोधियों ने इसे एक चुनौती के रूप में देखा। यही वजह थी कि यूपी के पूर्व मुख्यमंत्री और सपा के राष्ट्रीय अध्यक्ष अखिलेश यादव ने अपने ट्विटर एकाउंट से मुझे हत्यारोपी बताकर मेरी ताजपोशी को बीजेपी के चाल-चरित्र

और चेहरे से जोड़ दिया। अखिलेश यादव के ट्रीट के बाद बीजेपी की धुर विरोधी कांग्रेस की प्रियंका गांधी और आम आदमी पार्टी के संजय सिंह जैसे नेताओं ने भी अदालती फैसले से पहले ही मुझे गुनाहगार साबित करके इस मुद्दे पर बीजेपी को घेरने की कोशिश शुरू कर दी।

मीडिया हाऊसों ने मेरे खिलाफ राजनेताओं की इस बयानबाजी को अपनी टीआरपी के लिए मसाले के रूप में इस्तेमाल किया। इसका नतीजा हुआ कि मीडिया और सियासत के इस खतरनाक कॉकटेल से बुलंदशहर की राजनीति का रूख ही बदल गया। विपक्ष की आलोचना और मीडिया की खबरों को आधार बनाकर पार्टी ने मुझसे किनारा करने में ही भलाई समझी और तत्काल प्रभाव से मुझे दिए गए प्रधानमंत्री जन कल्याण जागरूकता अभियान के जिला महामंत्री पद से मेरी छुट्टी कर दी ।

पार्टी के इस फैसले से जहां एक तरफ मेरे समर्थकों में मायूसी थी तो वहीं दूसरी तरफ विरोधी खेमे में जश्न छा गया। सियासत में ऐसी बातों का होना आम बात है। लेकिन यह बात मेरे लिए आहत करने वाली किसी बड़ी घटना से कम नहीं थी। फिर भी मेरा हौसला बुलंद था। मेरे मन में खयाल आया कि अगर वाकई में किसी इंसान के दिल में समाज सेवा का जज्बा है तो फिर उसके लिए किसी पार्टी या पद की जरूरत ही क्या है। मन में दृढ़ विश्वास और समाज के लिए कुछ कर गुजरने की चाह ने मुझे विपरीत राजनीतिक हालातों से निपटने में मेरी मदद की। बिना थके-हारे मैं निरंतर अपने कर्तव्य का निर्वहन करता रहा। मैं इस दौरान गरीबों, मजलूमों की यथा संभव मदद और सामाजिक कार्य में जुट गया। मैं खुद को समाज के लिए समर्पित कर चुका था। समाजसेवा करते हुए धीरे-धीरे कई महीने बीत गये।

दिन 6 अगस्त 2020...

76 नार्थ एवेन्यू दिल्ली में मेरी मुलाकात डॉ संजय कुमार निषाद जी से हुई। सत्ता और सियासत, देश और राजनीति जैसे मुद्दे पर काफी देर तक बातचीत होने के बाद संजय जी ने बताया कि उन्होंने एक राजनीतिक दल का गठन किया है, जिसका नाम निर्बल इंडियन शोषित हमारा आम दल (NISHAD PARTY)

　　　　　　　　　　　　　　　डॉ. शिखर

है। साथ ही उन्होंने अवगत कराया कि राजनीतिक पार्टी होने के बावजूद इस पार्टी का उद्देश्य सत्ता पाना नहीं, बल्कि देश और समाज के लिए ऐसा काम करना है। ताकि इससे हर तबके के लोगों के जीवन स्तर में सुधार लाया जा सके और इसके साथ ही देश और समाज को उन्नति की एक नई सकारात्मक दिशा मिल सके।

मुझे मेरा मकसद मिल चुका था। डॉक्टर संजय निषाद की नीतियों से प्रभावित होकर मैंने उनसे NISHAD पार्टी ज्वाइन करने की मंशा जाहिर की। उन्होंने मुझे अपना आशीर्वाद देते हुए निषाद पार्टी का उत्तर प्रदेश महासचिव पद का अहम कार्यभार मुझे सौंपते हुए एक नई राजनीतिक जिंदगी देने का काम किया।

इस सब के बीच मैं अपनी लेखनी को अपनी अलर्ट मोड वाली कहानी से विराम देना चाहूंगा। मुझे महसूस होता है कि आज भी मुझे मेरी अलर्ट मेरे इर्द-गिर्द ही दिखाई देती है और कहती है कि आगे मैं किसी और साजिश में ना फंस जाऊं और जिस मिशन पर मैं निकला हूं, उस मिशन में वह भी पूरे तन और मन से मेरे साथ है। मैं खामोश होकर उसकी इन बातों को मन की तरंगों के जरिए सुनता रहता हूं। उसकी कमी शायद ही कोई पूरी कर पाए। उसी ने मेरे अंदर समाज के लिए कुछ कर गुजरने का जज्बा पैदा किया था और कहा था कि जिस तरह एक डॉक्टर भगवान सरीखा होता है, उसी तरह एक राजनीतिक व्यक्ति भी गरीब-गुरबों के लिए किसी मसीहा से कम नहीं होता है। अगर वाकई राजनेता समाज को लेकर अपना कर्तव्य निभाएं तो भारत में समतामूलक समाज की अवधारणा को फलीभूत होने से कोई नहीं रोक सकता। ऐसे में मुझे निषाद पार्टी ने समाज के लिए कुछ करने का मौका दिया है जिसे मैं बखूबी निभाऊंगा।

जय हिन्द...जय भारत

इस किताब को पढ़ने के लिए आप सभी का बहुत-बहुत शुक्रिया

आपका डॉ. शिखर अग्रवाल